Énigme au Grand Stade

Souris noire

Collection dirigée par Natalie Beunat

Retrouvez Lily et Lucas dans d'autres aventures :

Nuit blanche au musée, coll. « Souris noire », Syros, 2016

Les Trois Coups de minuit, coll. « Souris noire », Syros, 2016

ISBN : 978-2-74-852053-8

Danielle Thiéry

Énigme au Grand Stade

SYROS

À mes petits-enfants

«Fais de ta vie un rêve, et d'un rêve, une réalité.»

Antoine de Saint-Exupéry

«Aie le courage de suivre ton cœur et ton intuition.
Ils savent ce que tu veux réellement devenir.
Le reste est secondaire.»

Steve Jobs

1

Samedi…

Léon serrait ses bras minces autour de ses genoux remontés contre sa poitrine. Dans ce recoin sombre, il avait tantôt froid, tantôt trop chaud. Il n'y avait pas beaucoup d'espace, à peine s'il pouvait bouger, et ses jambes étaient envahies de fourmillements douloureux. Il avait perdu la notion du temps. Depuis quand était-il là ? Il songeait à sa mère, à son frère. Ils devaient être fous d'inquiétude. La pensée des larmes maternelles faisait monter les siennes, parfois. Mais il serrait les dents. Combien de temps allait-il encore devoir rester enfermé ? Son estomac grondait, sa tête tournait, la faim le tenaillait, la soif rendait sa bouche plus sèche que du carton. Quand il avait trop mal partout et que le désespoir le tourmentait, il pensait au vieux lion Clarence, à son pelage blond mité et à son regard de travers. Il s'apaisait alors et s'endormait, le front sur les genoux.

2

Le ciel s'était assombri d'un seul coup et l'orage, encore loin, tentait de dominer le bruit de la circulation automobile proche, le principal inconvénient de vivre ici.

Assis face à la baie vitrée de sa chambre, Lucas Rose regardait, la tête appuyée sur sa main, les gros moutons noirs qui s'empilaient au-dessus de la tribune nord, luttant avec les derniers rayons de soleil. Dans quelques minutes, la pluie allait noyer le Grand Stade sous une brume opaque. Le temple du sport ressemblerait alors à un paquebot gigantesque emporté par la tempête. Une tornade, le jour d'une rencontre historique ! Le match du siècle, la finale européenne de football qui opposerait Paris à Barcelone ! Ce n'était vraiment pas de chance. À quelques jours du brevet des collèges, Lucas avait dû batailler avec ses parents pour assister à la rencontre. S'asseoir dans la tribune présidentielle, au-dessus du banc des remplaçants, là où Jean Rose, son père, avait obtenu deux places, un privilège. Mais la débâcle météo annoncée risquait de tout compromettre. Tant mieux, le narguait Lily, sa sœur jumelle qui était loin d'apprécier le football.

Lucas se replongea dans la matière qu'il détestait par-dessus tout : le français. Il ânonna sans conviction la fiche *Figures de style*. Les figures de la ressemblance, celles de l'opposition et de la répétition. « Beau comme un Dieu », marmonnait-il quand l'ouverture brusque de la porte le fit sursauter.

– Ah ! t'es là ! s'exclama une voix connue.

– Où veux-tu que je sois ? maugréa le garçon en se retournant vers sa sœur, qui débarquait comme d'habitude sans frapper.

Lily avait les joues rouges et le front couvert de sueur. Elle se débarrassa de ses baskets et s'essuya avec le coin d'une serviette éponge qu'elle portait enroulée autour du cou. Ses cheveux bruns étaient trempés de sueur, montrant qu'elle venait de courir ses cinq kilomètres quotidiens sur une des pistes du Grand Stade. Elle s'écroula sur le lit de son frère.

– Ouah ! s'exclama-t-elle, ça fait du bien ! Ça avance, tes révisions?

– Et les tiennes? rétorqua Lucas.

– Je vais m'y mettre... Mais le sport, c'est essentiel pour garder le cerveau en bon état. Un esprit sain dans un corps sain... Tu sais qui a dit ça?

– Non et je m'en fiche.

– Juvénal, espèce d'ignare ! Tu veux que je te fasse réciter tes fiches?

– Sûrement pas ! C'est pas parce que tu frimes en français que tu dois te prendre pour un prof !

– N'empêche que le français, ça me servira plus que les maths pour mon concours.

Lucas leva les yeux au ciel. C'était reparti ! Elle allait lui refaire le coup du concours d'officier de police ! Depuis quelques mois, elle ne parlait que de cela, ne vivait que dans cet objectif : devenir policier. Et pire encore, dans une unité d'intervention. Le RAID ou l'Antigang, la BRI ! Comme si ces groupes ultra-opérationnels allaient s'embarrasser de filles... « Bien sûr qu'il y a des filles dans la police ! le contrait Lily. De plus en plus et même au plus haut niveau, si tu veux savoir ! »

– Robocop, quelle ambition ! lança-t-il, dents serrées.

– C'est carrément génial, tu veux dire ! Et au moins, je me rendrai utile... Alors que toi...

– Quoi, moi ? C'est pas ma faute si je ne peux pas être pilote de ligne à cause de mes yeux ! Et puis va voir ailleurs si j'y suis, laisse-moi travailler !

– Ok, ok... Au fait, tu as vu maman ? Je la cherche partout...

Lucas haussa les épaules sans répondre. Alice Rose était très occupée, comme tous les après-midi qui précédaient une rencontre importante au Grand Stade. Elle devait superviser la préparation des locaux de réception destinés à accueillir les équipes sportives, leurs états-majors, les meutes de journalistes et de photographes, les sponsors et toute une foule d'autres gens qui vivaient du football, sport mythique et très lucratif. Elle, responsable de l'entretien de ces zones festives, et Jean Rose, son mari, chargé de la sécurité, travaillaient ici depuis trois mois, pour le plus grand bonheur des jumeaux.

– Il faut que je la voie, insista Lily. Je voudrais aller dormir chez ma copine Emma. Pas envie de passer la soirée à entendre ces débiles hurler comme des malades... Tout ça pour un ballon!

Le mépris dans la voix de sa sœur n'échappa pas à Lucas. La peau claire de son visage de blond aux yeux clairs s'empourpra, mais il préféra ignorer la provocation.

– Les figures d'atténuation, la litote, l'euphémisme, la périphrase, les figures d'exagération, l'hyperbole... lut-il à haute voix.

– Exemple: je suis un génie! compléta Lily qui connaissait son programme de français par cœur...

– Non, moi, je suis un génie! dit Lucas. Et il se trouve que j'aime le Grand Stade. Et le foot...

– Moi aussi, je l'aime, le Grand Stade! Les concerts, les spectacles, certains sports comme le tennis ou l'athlétisme, tout sauf le foot... Beurk!

– Tu n'y connais rien, répliqua son frère avec dédain, normal, tu es une fille.

– Parce que toi, tu y connais quoi? Je sais ce qui te plaît dans ce sport: c'est le côté *people* des joueurs, leur train de vie, le fait qu'ils aient des belles femmes, des grosses voitures et toutes les semaines leur tête dans les journaux !

Lucas sursauta. Elle le traitait littéralement de « groupie »... lui ! Il est vrai qu'il n'avait que peu de dispositions pour le sport. Même en s'exerçant pendant des siècles, il n'aurait jamais fait d'étincelles avec un ballon entre les pieds. Les jeunes prodiges qui s'entraînaient régulièrement au Grand Stade pour des matchs « lever de rideau » daignaient parfois le laisser s'approcher et faire quelques passes avec eux. À côté de ces virtuoses, il passait pour un hippopotame handicapé. Subitement, une pensée le fit tressaillir, en même temps qu'un nouveau coup de tonnerre ébranlait le béton autour d'eux.

– En plus, tu as peur de l'orage ! se moqua Lily.

– Mais non, idiote. Je viens de penser à Léon...

– Léon... murmura Lily en s'approchant de la vitre derrière laquelle les éléments de la nature se déchaînaient.

Elle imagina la pelouse centrale gorgée d'eau. L'apparence d'une piscine olympique en dix fois plus grand ! Heureusement, la pelouse avait été posée sur un terrain légèrement bombé qui assurait une évacuation rapide de l'eau. Quelques minutes après l'averse, il n'y paraîtrait plus.

– Ne reste pas là, la mit en garde Lucas, ça peut être dangereux!

Lily fit face à son frère. Il s'attendait à une nouvelle réflexion narquoise, à un de ses commentaires acérés sur son manque de courage face à une situation inhabituelle. Mais elle était, au contraire, étonnamment sérieuse.

– J'ai entendu aux infos tout à l'heure qu'on n'a toujours aucune nouvelle de lui, pas le plus petit début de piste, a dit le reporter, finit-elle par énoncer après un long silence. C'est quand même incroyable cette histoire!

Pour une fois, son frère était d'accord avec elle.

3

Léon s'était réveillé, le corps engourdi. La soif et la faim étaient maintenant insupportables. Il n'arrivait plus à se rappeler depuis quand il était là. La soirée d'anniversaire était son dernier souvenir précis. Ses quatorze ans au Grand Stade ! Une initiative de la firme Adidas qui parrainait l'événement dans un des salons de réception, mêlant équipes sportives, journalistes, invités, sponsors. Une centaine de personnes, quelques joueurs célèbres, un ancien sélectionneur de l'équipe de France et Ronald Dubreuil, bien sûr, le « dénicheur de talents ». Ronald passait son temps dans les clubs de football à observer les joueurs pour débusquer les meilleurs, ceux qui « avaient du potentiel» et un avenir sur le devant de la scène du ballon rond. Il s'intéressait surtout aux plus jeunes, les poussins, les cadets. Il les regardait jouer et évoluer, et quand il en trouvait un qui avait le profil et un bon coup de pied, il proposait un contrat à ses parents, une formation dans une des écoles spécialisées où les jeunes gens poursuivaient leurs études en se perfectionnant au foot. La plupart des familles acceptaient avec empressement. Tous les garçons sélectionnés sautaient de joie à l'idée d'intégrer un jour un grand club et, pourquoi pas, de faire partie de la fameuse équipe des «Bleus». Léon se souvenait comme si c'était hier du jour où Ronald l'avait repéré dans son club du Nord de la France. Puis de celui où il avait appris la nouvelle de son recrutement pour le prestigieux Paris Saint-Germain. Une sacrée nouvelle! Léon aimait jouer avec un ballon, il était très adroit aussi bien avec les pieds qu'avec les mains. Cela n'avait pas échappé à son père ni à son frère Antony. Footballeur professionnel, un rêve, disaient-ils, pour tous les jeunes comme lui, issus d'un milieu modeste. Perdu dans ses pensées, Léon remarqua soudain du bruit, tout près. Le ronronnement d'un moteur se fit entendre pile en dessous de lui, et son cœur se mit à battre plus vite. Il se recroquevilla, comme si ce geste pouvait le rendre invisible. Le moteur fut coupé mais la radio continua à émettre un air connu. Une voix de femme entonna la chanson tandis que des objets étaient remués. Léon se demanda qui ça pouvait bien être. Qui était cette femme? Était-elle là pour lui? Allait-elle lui nuire? Mais ses pas s'éloignèrent sans qu'elle cesse de chantonner. Il se boucha les oreilles avec une grimace. Elle chantait faux.

4

Lily avait pris sa douche et fait une heure de maths. Le cauchemar absolu. Elle aurait voulu que cette matière disparaisse purement et simplement du programme. On la remplacerait par du sport, de l'athlétisme, du jiu-jitsu, de la course à pied... Pas la peine de rêver, hélas, cela n'arriverait jamais. Il était maintenant dix-huit heures, l'orage s'était apaisé, faisant mentir les prévisions météo qui annonçaient l'apocalypse pour toute la soirée. Lucas venait de partir rejoindre leur père et assister au match. Lily ne cessait de penser à sa discussion avec son frère au sujet de Léon Lavil, le petit prodige du football, volatilisé le jour de son anniversaire, deux jours plus tôt, ici au Grand Stade. En plein milieu de la fête, Léon était parti aux toilettes et personne ne l'avait revu. Tous les recoins du stade avaient été fouillés. Bâti sur plusieurs dizaines d'hectares et pouvant accueillir jusqu'à quatre-vingt mille personnes, le site ne manquait pas de cachettes possibles. Après des heures angoissantes, les organisateurs avaient conclu que Léon était certainement sorti du Grand Stade, d'une façon ou d'une autre, peut-être sous la contrainte. Pour en être vraiment sûres, des équipes de policiers avaient pris le relais des recherches. Une escouade de flics cynophiles avait quadrillé le stade avec ses chiens, les zones de vie et de réception situées au niveau de la pelouse, les vestiaires, les salons, les salles de gym, de massage, de repos. Puis la police avait exploré les tribunes une à une, les gradins, les coursives qui, telles des brèches géantes, délimitaient les travées. La zone réservée à la sécurité avait été investie par la police une partie de la nuit afin d'examiner les images vidéo enregistrées à partir de la centaine de caméras du stade. Chance incroyable pour Lily, la commissaire de police qui menait les recherches était

Jeanne Eloi ! Une femme extraordinaire qu'elle avait rencontrée au mois de mars et qui l'avait accueillie pour un stage de deux semaines dans son commissariat ! Une idée de Lily, forcément, ce stage. Quand on rêve de devenir policier, il faut bien commencer par aller voir comment ça se passe dans la vraie vie ! Elle avait rédigé sa demande elle-même, l'avait portée à l'accueil du commissariat. Quelques jours plus tard, la commissaire Eloi avait appelé Jean et Alice Rose pour s'assurer de la réelle motivation de leur fille. Une fois convaincue qu'il ne s'agissait pas d'une blague, elle avait dit oui ! Pour Lily, quinze jours de pur bonheur, à découvrir la réalité d'un monde qu'elle ne connaissait, comme la plupart des gens, que par la télévision et les séries policières. Ce que lui avait montré Jeanne Eloi n'avait rien à voir avec la fiction et, là, son livre de SVT encore fermé entre les mains, Lily pensait à ce que faisait la commissaire à cet instant. Peut-être qu'à cause du match elle se trouvait tout près du Grand Stade, à diriger le service d'ordre... Sur une impulsion, la jeune fille saisit son portable et appuya sur la touche qui la reliait à celui de Jeanne Eloi. La commissaire répondit aussitôt :

– Oh, Lily ! Comment vas-tu ?

Lily entendit un fort brouhaha dans le téléphone et une sorte de tension dans la voix de la commissaire qui lui confirma, comme elle s'y attendait, qu'elle était bien tout près, à surveiller et filtrer les supporters espagnols en train d'entrer dans le stade. Ils seraient environ quinze mille, regroupés dans les tribunes sud et ouest, précisa-t-elle avant d'ajouter qu'elle n'avait guère le temps de bavarder.

– C'est au sujet de Léon... chuchota Lily comme si quelqu'un d'autre pouvait l'entendre.

– Léon Lavil ?

Subitement, le ton de la commissaire avait changé. Elle avait recherché Léon dans tout le Grand Stade, jusque dans l'appartement de la famille Rose. Interrogé un à un les invités de la fête et répondu aux questions des journalistes. Elle était même apparue à la télévision car toutes les chaînes ou presque avaient évoqué l'incroyable histoire. Jeanne Eloi avait lancé des appels à témoins pour stimuler les souvenirs des uns et des autres, susciter des déclarations. Lily avait assisté à tout. De loin, hélas. Elle aurait pourtant aimé que Jeanne l'associe à l'enquête, comme elle lui avait permis de suivre quelques affaires pendant son stage. Mais là ce n'était pas possible, une disparition de mineur est un cas trop grave. La veille, vendredi, elle était allée au collège à contrecœur, impatiente de revenir au Grand Stade où quelques équipes policières s'activaient encore. Aujourd'hui, les recherches avaient été suspendues à cause du match. Mais les policiers rôdaient toujours, Lily en avait vu quelques-uns interroger les ouvriers qui préparaient la pelouse, leur montrer le portrait de Léon.

– Je ne peux pas te parler pour le moment, dit la commissaire, mais dès que le coup d'envoi sera donné, je serai plus tranquille. Viens me retrouver si tu veux! À vingt heures trente, ça ira pour toi?

Quelle question! Jeanne lui indiqua l'endroit où la rejoindre, et tout à coup Lily trouva l'air plus léger. Même le vacarme qui commençait à l'extérieur avec l'installation des spectateurs lui parut supportable et, finalement, elle ne songea même plus à aller dormir chez Emma. Pourvu que sa mère ne l'empêche pas d'aller voir Jeanne ! Avec sa peur permanente qu'il arrive quelque chose à ses enfants, en particulier les soirs de match où les bagarres sont fréquentes entre supporters, Alice Rose finissait par les surprotéger ! Lily lui envoya un nouveau message pour savoir où elle en était de ses préparatifs pour la soirée foot. Alice répondit qu'elle était occupée dans les loges et ne pourrait pas regagner l'appartement avant la fin du match. Lily pourrait-elle se débrouiller seule ? Ouiiiiiiii, répondit la jeune fille, ravie de pouvoir se passer de l'autorisation de ses parents pour sortir puisque aucun des deux ne serait présent à la maison... Puis, tout aussitôt rembrunie : encore une heure et demie à attendre ! Avec un soupir résigné, elle ouvrit son livre de SVT.

5

Alice Rose rangea sa voiturette électrique qui l'aidait à transporter son matériel et se dirigea vers la dernière loge où elle devait déposer un plateau de fruits et un autre de pâtisseries, ainsi que des boissons dans des bacs à glace. Une attention habituellement réservée aux stars du show-business mais dont bénéficiait aussi l'entourage des sportifs de haut rang. Leurs femmes, leurs fiancées, leurs familles... Elle alla ouvrir la porte de la loge avec son passe et revint vers son véhicule dont elle souleva le haillon arrière. Il n'y avait plus qu'un seul coffret ! Alors qu'il aurait dû en rester deux. Comment était-ce possible ? Elle reprit sa feuille de route et vérifia que le traiteur avait bien livré vingt-deux coffrets pour onze loges à équiper. Pas de doute! Or, elle devait se rendre à l'évidence, il en manquait un. Pourtant elle avait signé le bon de livraison après avoir compté et recompté les boîtes! Alice fronça les sourcils, à la recherche d'une explication. Elle passa en revue les loges l'une après l'autre. Elle avait bien vingt et un plateaux en tout, et non vingt-deux. Alors quoi? Quelqu'un avait profité de ce qu'elle était occupée pour voler un plateau de fruits et des boissons? Mais qui, bon sang? C'était absurde. Elle connaissait tous ceux qui travaillaient là et pour l'instant, dans son secteur, elle n'avait croisé personne hormis son mari qui était venu faire un tour près des loges vers dix-sept heures trente. Une inspection de sécurité, avait-il dit. Elle posa la main sur son bippeur pour appeler Jean mais renonça à le déranger. Il avait bien assez à faire de son côté. Et, elle en était sûre, ce n'était sûrement pas lui le voleur! Pas question non plus de demander un coup de main au service de sécurité : ils étaient débordés les soirs de match et de toute façon cette zone, considérée comme privative, n'était pas équipée de caméras. De manière inattendue, elle eut une pensée pour ses enfants. Lucas devait être installé dans la tribune maintenant. Quant à Lily... Elle était dans sa chambre, en plein travail de révision. Elle avait appelé sa mère plusieurs fois. Peut-être avait-elle besoin de sa présence, en ce moment, avec l'angoisse de l'examen imminent... Alice se mordit les lèvres. Était-elle assez attentive vis-à-vis de ses enfants, assez proche d'eux? Avec ce travail tellement prenant les soirs de match! Sur un soupir contrarié, Alice prit son téléphone pour appeler le traiteur et lui dire de livrer en urgence un autre plateau.

6

Aux premières loges, Lucas se remplissait les yeux du spectacle. Ses craintes de voir le match annulé à cause de la météo s'étaient envolées avec l'orage. La pelouse brillait encore des dernières averses, mais les tribunes, protégées par les dix mille mètres carrés de toiture partiellement vitrée, étaient restées bien au sec. Les supporters arrivaient par vagues et commençaient à donner au stade l'image d'une gigantesque foire bigarrée. En face de lui, les Espagnols de Barcelone, en bleu et grenat, déployaient des banderoles dans les mêmes tons et n'allaient probablement pas tarder à former l'image de l'écusson du club qui mêlait ses couleurs au jaune et or de l'Espagne.

Ceux du PSG, cinq fois plus nombreux, coloreraient les gradins de bleu et de rouge, déployant leur rituelle banderole tricolore qui arborerait un de leurs slogans : *FIERS DE NOS COULEURS*, ou un autre. En bas et dans les travées, équipés de leurs gilets vert fluo, quelques centaines de stadiers s'activaient. Dès l'entrée des équipes sur le terrain, ils s'aligneraient en bordure de pelouse, dos tourné au spectacle, leur rôle étant de surveiller ce qui se passait dans les gradins. Ces jeunes gens étaient recrutés et formés spécialement pour ces rencontres, ils étaient très encadrés par la Fédération française de football et obéissaient à un règlement très strict.

Bien que cette rencontre ne fût pas à haut risque, une centaine de policiers en civil étaient répartis incognito au sein de la foule dans le but de détecter les fauteurs de troubles et de prévenir leurs débordements. Tout en haut de la tribune présidentielle, les autorités responsables de la sécurité étaient installées dans un grand espace vitré d'où elles disposaient d'une vue parfaite sur tout le stade. Les spécialistes appelaient ce lieu, semblable à la proue d'un navire, la Bulle.

Des policiers en uniforme, beaucoup plus nombreux, restaient en dehors du stade. Ils étaient chargés d'en sécuriser les abords, de réguler la circulation, de permettre aux supporters de regagner les parkings, le métro et les bus en toute quiétude une fois la rencontre terminée.

Lucas regardait les tribunes mais aussi l'écran géant, attiré par l'évolution d'une équipe de jeunes joueurs qui se donnaient en spectacle sur la pelouse pour faire patienter les spectateurs. Il bloqua sur le numéro 9, se croyant le jeu d'une hallucination. Brun, pas très grand, fin et nerveux comme une puce, il ressemblait à Léon Lavil à s'y méprendre ! Une caméra le filmait de dos, s'attardait sur ses pieds qui virevoltaient autour du ballon à le rendre fou. Une autre caméra revint sur son visage en gros plan, et l'illusion s'évanouit. Ce n'était pas Léon. Le cœur de Lucas se serra. Jeudi, il s'était faufilé – par l'entremise de son père – à la fête d'anniversaire, prétextant qu'il voulait interviewer Léon Lavil pour le journal de son collège. Ce qui avait surpris et même choqué Lucas, c'était le peu d'enthousiasme de Léon. Il lui avait paru triste alors qu'une grande fête était donnée rien que pour lui, sous l'œil de dizaines de photographes et de caméras. Il avait lu de la panique dans son regard chaque fois qu'un journaliste s'approchait de lui, dès que le flash d'un photographe l'épinglait. Les discours prononcés par Ronald Dubreuil et par l'entraîneur de l'équipe de France cadets, qui le décrivaient comme un «génie» instinctif du football, avaient semblé le mettre au supplice. Juste avant qu'on apporte le gâteau, Léon s'était éclipsé pour aller aux toilettes. Les bougies avaient coulé sur le gâteau représentant un terrain de foot avec des cages en chocolat et des personnages en sucre – un rien ridicule aux yeux de Lucas –, et le public s'était impatienté. Un verre en main, tout le monde avait chanté «*Happy birthday to you*, Léon» pour le faire venir. Deux, trois, dix fois. Léon n'était pas revenu. Dans l'agitation qui avait suivi, Lucas avait entendu quelques journalistes se poser des questions sur sa santé, cette espèce de «méforme», de morosité qui inquiétait son entourage. Léon avait perdu son père quelques mois plus tôt, avait objecté un photographe, et Lucas avait aussitôt conclu: «Normal qu'il soit triste, moi si je perdais le mien, je serais effondré...»

Comme par hasard, Jean Rose apparut à cet instant et Lucas se sentit enveloppé d'une grande chaleur. Il sourit à son père et ses yeux brillaient fort à cause des larmes furtives qui venaient subitement de monter à ses paupières. Jean s'assit et, sans bien comprendre ce qui arrivait à son fils, entoura ses épaules de son bras. Lucas, réconforté, revint au spectacle. Sur la pelouse, les jeunes pousses du football avaient laissé la place à une imposante formation musicale qui commença à jouer des airs entraînants. Les gradins étaient pleins maintenant. La tête de Lucas se mit à tourner quand une première ola s'éleva au bout de la tribune, l'embarquant dans le tourbillon de la fête.

7

À vingt heures trente précises, Lily sortit de l'appartement. Un bon quart d'heure déjà qu'elle attendait derrière le chambranle, la main sur la poignée. À bouillir d'impatience. En refermant la porte, elle entendit les premières annonces d'avant-match, chacune suivie d'une immense clameur. La présentation des équipes, sûrement. Mais Lily s'en moquait, tout entière tendue vers son rendez-vous. Elle quitta la zone des logements de fonction, protégée de l'esplanade par des grilles ornées de plantes grimpantes et se faufila à l'extérieur. Elle rejoignit la partie située à l'arrière des guichets de billetterie et, juste après, fut arrêtée par un groupe de policiers en tenue d'intervention. Ils entouraient quelques groupes qui stagnaient encore là. Des gens qui n'avaient pas de billets ou qui voulaient forcer le passage. Ils étaient calmes, mais Lily avait entendu dire que les choses pouvaient vite mal tourner. Surtout avec le temps à l'orage! Un policier lui demanda ce qu'elle faisait là et elle le lui expliqua, toute fière. L'homme, soupçonneux, parla dans un émetteur-récepteur miniaturisé fixé sur sa poitrine. «Alpha 2 à autorité!» Fascinée, Lily l'examina. Sa tenue noire de maintien de l'ordre le faisait ressembler à un soldat du futur, le casque sur la tête, visière relevée. Ses jambes et ses bras portaient des protections antichocs, et ses mains étaient gantées de cuir. Tous les hommes autour, une bonne trentaine, avaient la même allure. Lily se projeta quelques années plus tard, quand elle aussi...

– Qu'est-ce que vous regardez comme ça, jeune fille? demanda le policier, visiblement amusé par la façon dont Lily le détaillait de la tête aux pieds.

– Je... Cet appareil, là...

Elle pointa du doigt un boîtier noir portant une marque en blanc, surmonté d'un objectif d'un centimètre et demi de diamètre.

– C'est une caméra-piéton... Elle permet de filmer nos interventions et de les transmettre au poste de commandement. On les déclenche à la demande.

– Vous vous en servez souvent?

– Assez, oui, pour toutes les interventions importantes en tout cas... Je vous accompagne, la *patronne* vous attend au *command-car*...

La patronne! Lily avait noté cela, au cours de son stage, non sans surprise. Les policiers appelaient leur commissaire «patron» ou «patronne». Ils la saluaient aussi et, le matin, à l'appel, ils se mettaient au garde-à-vous quand elle venait leur donner les consignes. Lily était subjuguée. Suivant le policier et son dos élargi par les renforts de protection, elle parvint à une colonne de véhicules, des fourgons aux vitres protégées par des grillages, des cars dans lesquels d'autres hommes attendaient et des voitures légères. Le brigadier s'arrêta devant un camion blanc de taille impressionnante. La porte latérale s'ouvrit et Lily aperçut la commissaire Eloi assise à une table en compagnie de deux collaborateurs en bleu, des documents déployés devant eux.

La policière fit signe à Lily de monter à bord et lui demanda de patienter. L'adolescente en profita pour examiner l'intérieur du camion qui semblait aménagé en trois espaces. L'avant avec un équipement digne de celui d'un cockpit d'avion, un appareillage complexe de transmission radio, des claviers d'ordinateurs et un écran géant divisé en plusieurs sous-écrans sur lesquels défilaient des images. Devant ce mur animé, un opérateur bougeait des commandes, une en particulier avec laquelle il agrandissait les vues transmises par les hommes au-dehors. Il pouvait aussi sélectionner les caméras depuis son poste, les activer ou les neutraliser, ainsi que Lily put le constater pendant qu'elle attendait. Rompant le silence, des messages radio fusaient en continu d'une console située en face des écrans, occupée par une personne en civil.

Jeanne Eloi libéra ses deux collaborateurs, quitta la table et tendit la main à Lily. Une poigne ferme tout comme était droit son regard vert. Les cheveux blonds très courts et la silhouette mince mais athlétique, la commissaire avait, dès leur première rencontre, épaté la jeune fille qui en avait fait son modèle. D'ailleurs, à l'issue de son stage, Lily avait failli couper ses cheveux pour lui ressembler mais n'avait finalement pas sauté le pas. En revanche, elle avait augmenté son temps quotidien d'entraînement sportif. Jeanne décrivit avec fierté l'emploi de ce camion géant intégré dans le dispositif SARISE[1], une nouveauté qui associait maintenant les images à la radio. Puis elle expliqua à la jeune fille les grandes lignes du dispositif déployé au Grand Stade. Trois cents policiers aux abords, prêts à intervenir mais aussi chargés de réguler la circulation, de repérer les faussaires qui vendaient des billets trafiqués, d'empêcher les empoignades entre supporters, de réprimer tout incident qui pouvait nuire à la bonne réputation du Grand Stade et de la Fédération française de football. Dans l'enceinte, une fois franchie la ligne de guichets, la sécurité était d'abord privée, entre les mains des stadiers et des employés du Grand Stade. Lily était au courant : son père en faisait partie. Mais il y avait aussi des policiers en survêtement, anonymes, et tous ceux-là, dehors, en uniforme, prêts à bondir. Tout

1. Acronyme qui signifie : «Système autonome de retransmission des images pour la sécurisation d'événements».

en écoutant l'exposé, Lily louchait avec curiosité sur quelques objets insolites étalés sur la table de réunion et que Jeanne Eloi lui détailla : des bombes de peinture et de gaz lacrymogène, un nunchaku, deux matraques, un taser, mais aussi quelques paquets de canettes de bière et des bouteilles d'alcool... Tous ces objets étaient interdits et avaient été retirés par la sécurité lors de l'entrée des supporters.

– Et ce n'est qu'une partie, ce que tu vois ici... Le reste est dans un autre fourgon. Ils le savent pourtant, soupira Jeanne, que c'est interdit, mais ils essaient quand même...

– Qu'est-ce que vous faites de ces objets ?

– Ils sont détruits, sauf ceux qui sont réclamés par leurs propriétaires, à condition que ce ne soit pas des objets prohibés comme des armes par exemple, ou des substances illicites, bien entendu. Alors Lily, que voulais-tu me dire à propos de Léon Lavil ?

Prise au dépourvu par la question, Lily rougit.

– Eh bien, c'est-à-dire... bafouilla-t-elle, rien, enfin, je ne sais pas... Je voulais savoir où vous en étiez...

La commissaire darda sur elle un regard pointu et vaguement soupçonneux. Mais elle n'insista pas, préférant laisser à Lily le temps de réfléchir.

– L'avis de recherche a été lancé jeudi soir, dans la nuit, après plusieurs heures de vaines investigations. Tiens, regarde !

Elle manipula le clavier d'un ordinateur et tourna l'écran vers Lily qui vit apparaître un document *Fiche de recherche de la Police nationale* numéroté 67/15, avec la photo de Léon à gauche et, sur la droite, son nom et son signalement ainsi que les circonstances de sa disparition. Lily lut que le service à prévenir était le commissariat de la ville où Jeanne travaillait. Un autre numéro figurait en dessous, celui de la brigade des mineurs. La commissaire lui expliqua que c'était la règle quand un mineur disparaissait. Son cas était obligatoirement suivi par la brigade spécialisée pour les mineurs, et l'ensemble des investigations placées sous le contrôle du procureur de la République. Le ton de Jeanne était presque solennel, les mots utilisés pour la rédaction du document ne l'étaient pas moins. Lily frémit : la situation était grave, ce n'était pas un jeu. Des policiers avaient été envoyés à Lens, la ville dont Léon était originaire, pour interroger ses anciens camarades, ses professeurs, ses entraîneurs sportifs. D'autres contrôlaient les gares, les aéroports et exploraient tous les lieux où celui ou ceux qui avaient peut-être enlevé Léon pouvaient l'avoir emmené. Car, en pareille circonstance, expliquait Jeanne, il faut penser à tout et parfois au pire. Des techniciens surveillaient les téléphones de la famille du jeune disparu et de Ronald Dubreuil, pour le cas où des malfrats auraient kidnappé Léon pour demander une rançon. Des cybertechniciens examinaient les «posts» sur les réseaux sociaux. Internet jouait un grand rôle, maintenant, et beaucoup d'internautes parlaient de l'affaire. D'autres, tout aussi nombreux, déploraient que Léon ne soit pas plus actif sur ses pages Facebook ou sur le site spécialement conçu pour lui. Comme s'il se désintéressait de ce qu'on pouvait penser ou dire à son sujet. Pour un futur grand champion, c'était anormal, inquiétant ou, même, énervant, et les enquêteurs étudiaient tous les commentaires dans l'espoir d'y trouver une piste.

L'inquiétude grandissait au fil des heures car, à cet instant, la police n'avait trouvé aucun témoin digne d'intérêt et se méfiait des appréciations peu objectives des journalistes présents à la soirée.

– Qu'est-ce que tu voulais me dire, Lily? insista la commissaire après qu'elle lui eut fait un tour d'horizon complet de la situation. Tu sais quelque chose?

– Non... Mais mon frère Lucas m'a dit que Léon était perturbé le soir de son anniversaire. Il semblait triste et mal à l'aise. Lucas a fait des photos...

– Tu les as, ces photos?

– Oui.

Lily s'activa sur son smartphone et fit voir à Jeanne quelques clichés pris au cours de la soirée. La commissaire fit la moue:

– S'il est perturbé, ce n'est pas flagrant... et ces clichés ne sont pas très bons. C'était peut-être plus significatif en vrai... Qu'est-ce que tu en penses, toi, Lily?

– Eh bien, je n'ai pas vu Léon personnellement mais je fais confiance à Lucas...

– Ton frère jumeau...

– Oui, mais on n'est d'accord sur rien, généralement !

– Sauf là ! Toi et Lucas, donc, vous imaginez quoi ? Une fugue ?

– Quelque chose comme ça, oui. Mais c'est juste une idée !

Songeuse, la commissaire contempla un moment l'écran de son ordinateur et la photo de Léon sur la fiche de recherche, comme pour les comparer. Une clameur sembla soudain soulever le Grand Stade. Les vitres du camion vibrèrent et Lily se boucha les oreilles en grimaçant.

– Un but ! résuma Jeanne Eloi en souriant. Et au bruit, je dirais que c'est sûrement Paris qui a marqué !

L'exubérance d'un groupe de policiers rassemblés au fond du camion pour visionner le match sur un iPad confirma son diagnostic. La liesse dura un moment, avec déchaînement des cornes et sifflets, et sûrement une ola gigantesque dans les tribunes. La sono hurla une série d'acclamations, d'onomatopées démesurées, avec écho et effets sonores. Puis, petit à petit, le calme revint. Les flics en bleu quittèrent le camion, c'était l'heure de la mi-temps. La commissaire revint à Lily, un pli soucieux était réapparu entre ses sourcils:

– Tu n'as pas une idée de l'endroit où il faudrait le chercher?

– Non, dit Lily avec sincérité, aucune.

– Bon. Si par hasard il te revient quelque chose, ou à ton frère, tu m'appelles tout de suite. Transfère-moi les photos sur mon ordi, on verra bien ce qu'on peut en faire. Et rentre chez toi maintenant, je ne veux pas que tu te trouves au milieu de la cohue de sortie de match...

Il fallait à peine quinze minutes pour vider le Grand Stade entièrement, mais pour la police c'était un moment chaud, le plus dangereux. Les gagnants voudraient fêter la victoire, les perdants se consoler de la défaite. Les affrontements ne manquaient pas – il était parfois nécessaire de séparer les groupes de manière radicale – et Jeanne Eloi n'aurait plus une minute à elle. Lily lui demanda si elle rentrerait tard chez elle. La commissaire hocha la tête avec un sourire énigmatique. Avait-elle une famille? Des enfants? À trente-cinq ans, sûrement, mais elle n'en parlait pas. Une manière de délimiter la place de la famille et celle du travail lorsque celui-ci est prenant et parfois dangereux. Elles se séparèrent sur une poignée de main vigoureuse, et le brigadier qui attendait devant le camion PC raccompagna Lily jusqu'à la grille des zones privatives. Au moment où elle la refermait, une clameur plus modeste et un tollé de protestations et de sifflets outrés apprirent à la jeune fille que Barcelone venait d'égaliser, juste à la reprise du match.

8

À vingt-deux heures trente, les membres de la famille Rose purent enfin se retrouver. Lucas était content. Paris avait fini par l'emporter avec un seul petit but d'avance, mais l'important n'était-il pas de gagner? Jean n'avait pas pu assister à toute la partie, plusieurs fois son bipeur avait réclamé sa présence au PC sécurité du Grand Stade, et il avait dû partir pour régler quelques problèmes. En dépit des fouilles et des contrôles, des supporters espagnols avaient réussi à introduire de l'alcool et ils s'étaient battus entre eux. Rien de grave, mais ces incidents contrariaient les organisateurs, et Jean Rose, sur qui leur colère retombait, était fatigué. De plus, il devait finir de préparer sa valise car il partait le lendemain pour un congrès organisé à Manchester par la FIFA sur la sécurité dans les grands stades du monde entier. Lily chipotait sur son dessert. Elle n'avait rien dit à ses parents de son escapade et de sa rencontre avec la commissaire Eloi. Lucas, encore sous le choc du match et toujours surexcité, ne se rendait même pas compte qu'elle rêvassait, perdue dans ses pensées.

– Oh, mais je ne t'ai pas raconté ! dit soudain Alice à son mari. Quelqu'un a piqué un plateau dans ma voiturette ! C'est quand même un comble !

Et Alice de raconter les péripéties de l'avant-match. Jean haussa les épaules :

– Piqué... Tu n'en sais rien, rétorqua-t-il, tu as peut-être mal compté au moment de la livraison !

– Non mais je sais ce que je fais tout de même ! Et je sais ce que je dis ! On me l'a volé !

Jusqu'alors lointaine, Lily tendit l'oreille en cessant de massacrer sa crème caramel.

– De quoi tu parles, maman ? demanda-t-elle en gratifiant Lucas d'un coup de pied sous la table parce qu'il n'arrêtait pas, à grand renfort de gestes survoltés, de revivre la victoire des Parisiens.

– Aïe ! cria-t-il, t'es malade !

– Raconte, maman ! supplia Lily en faisant signe à Lucas de la fermer.

– Y a rien à raconter, se buta Alice, mécontente parce que son mari doutait de sa parole. Je disposais les plateaux de rafraîchissements dans les loges pour les VIP et il m'en manquait un... Je suis sûre qu'on me l'a fauché, il n'y a pas d'autre explication ! Mais votre père ne me croit pas, on dirait !

Jean Rose secoua la tête discrètement mais leva les mains en signe de reddition. Il était épuisé et il n'allait pas lutter contre la conviction de sa femme à cette heure avancée. Il quitta d'ailleurs la table familiale pour aller accomplir sa dernière ronde avant l'extinction des feux, le moment où le Grand Stade replongerait dans l'ombre jusqu'à la prochaine manifestation nocturne.

– Vas-y, maman, raconte, dit Lily, moi je te crois !

Lucas avait cessé de gesticuler. Le coup d'œil de sa sœur et son air sérieux venaient de lui faire prendre conscience qu'il fallait être attentif. Quand Alice eut terminé sa narration, pressée de questions par Lily, il ouvrit la bouche pour parler mais la referma aussi vite en grimaçant. Sûre qu'il allait dire une bêtise, Lily lui avait encore démoli le tibia sous la table.

– C'est probablement un SDF qui a réussi à s'infiltrer, suggéra-t-elle, il faudra que papa fasse des vérifications, il y a peut-être un endroit par où on peut entrer sans se faire voir...

– Je ne crois pas que votre père sera d'accord avec cette hypothèse... Pour lui, entrer dans le Grand Stade sans se faire repérer est juste impossible !

Alice soupira et les jumeaux se levèrent avec ensemble pour débarrasser la table, à l'évidence pressés de s'esquiver pour regagner leurs chambres. Un samedi soir ! Alors qu'il fallait se battre, le samedi ainsi que la plupart des autres jours, pour qu'ils aillent se coucher à une heure raisonnable ! Exténuée, Alice ne chercha pas à comprendre, encore moins à les retenir. Quelques instants plus tard, Lily, qui guettait, entendit sa mère fermer la porte de la chambre parentale. Elle se précipita chez son frère.

Bien qu'en désaccord sur tout, ils avaient eu exactement la même idée au même moment. Les détails qu'avait donnés leur mère à propos du plateau-repas disparu avaient allumé une alarme dans leurs cerveaux.

– Tu penses comme moi? chuchota Lily une fois qu'elle fut certaine que personne ne pouvait les entendre.

– De quoi tu parles?

– De Léon! Je suis sûre que c'est lui qui a fauché la nourriture!

Bien sûr que Lucas y avait pensé, mais son esprit cartésien renâclait. Il n'était pas comme Lily qui s'enflammait pour un rien. Son imagination à elle galopait, ses idées virevoltaient à cent à l'heure. En cela, elle avait des kilomètres d'avance sur lui, le raisonnable, le pragmatique, qui ne croyait que ce qu'il voyait. Il tenta de tempérer son élan: comment et où Léon pouvait-il être caché dans une zone qui, comme toutes les autres au Grand Stade, avait fait l'objet d'un ratissage en règle? Comment avait-il pu échapper au flair des chiens policiers qui sont capables de trier les odeurs et auxquels rien n'échappe? Et les caméras? Lily avait réponse à tout. Jeanne Eloi lui avait expliqué que les chiens parfois n'étaient pas aussi efficaces qu'on le croit, ils pouvaient être troublés par des odeurs trop fortes ou perturbés par l'agitation ambiante. Quant aux caméras...

– Il n'y en a pas partout, et tu le sais très bien!

– Et pourquoi Léon aurait-il fait une chose pareille? objecta Lucas, à bout d'arguments.

Lily n'écoutait rien. Elle suivait son idée. Si Léon se cachait, c'est qu'il avait ses raisons. Cela pouvait sembler absurde, ne résolvait rien et ne menait nulle part mais, affirmait-elle, chacun réagit à sa manière.

– Mais réagit à quoi? s'énerva Lucas. Je ne comprends rien!

– Moi non plus, concéda Lily, mais je suis sûre qu'il est par là, qu'il est...

– Ridicule! Qu'est-ce qu'il espère en faisant une telle bêtise? Moi, à sa place...

– Tu n'es pas Léon!

– Non mais moi, si je jouais au foot comme lui et que...

– C'est bien ce que je dis!

Sur le point de se vexer, Lucas se tut.

– Qu'est-ce qu'on fait? demanda Lily qui ne cédait pas un pouce de terrain.

– Comment ça, qu'est-ce qu'on fait?

– Pour Léon! Il faut vérifier notre hypothèse, faire des recoupements...

Voilà qu'elle parlait comme un enquêteur à présent! N'importe quoi.

– Il faut en parler à papa ou à maman, la doucha-t-il. Papa est responsable de la sécurité, il réglera ça avec la police!

– Il s'en va demain en Angleterre.

– À maman alors. Ou à quelqu'un de l'équipe de papa.

– Tu penses qu'ils vont nous croire! Deux gamins un peu idiots qui se font un film...

– Gamins... Idiots... Parle pour toi!

– Eh bien je te parle, justement! Ils ne nous écouteront pas, ils ne voudront pas admettre de s'être fait avoir, ça va encore prendre des jours et des jours, et pendant ce temps, Léon... Il doit manger, dormir, se laver, se changer...

– Ben voilà! Il finira bien par se montrer...

– Et il se passera quoi, alors? S'il se cache... c'est peut-être pour une raison grave. Il est en danger si ça se trouve, et s'il se rend et qu'il lui arrive malheur...

Lucas cessa de récriminer contre les idées farfelues de Lily. En danger... Il n'avait pas envisagé cette possibilité. Mais en danger de quoi? Qu'avait-il donc pu faire de si grave? Et qui pouvait lui en vouloir au point qu'il doive disparaître?

– Je ne sais pas, admit Lily, l'enquête n'a pas permis d'apprendre quelque chose à ce sujet.

L'enquête! Comment elle se rengorgeait en prononçant le mot! Lucas était sur le point de lui balancer une remarque cinglante quand elle trancha:

– Le seul moyen de le savoir est de lui demander.

– Et tu comptes t'y prendre comment?

9

Il était plus de minuit quand la commissaire Jeanne Eloi rentra chez elle. Sa fille, Éléonore, qui n'avait que quatre ans, était au lit depuis longtemps mais son mari l'attendait en travaillant. Psychologue attaché à la Police judiciaire, il étudiait les dossiers pour aider les enquêteurs dans leur tâche, établir le profil des criminels et orienter les recherches. Il vit que Jeanne était préoccupée et lui proposa une infusion. Elle avait avalé un sandwich dans le camion de commandement avant la ruée des supporters vers la sortie et elle avait du mal à le digérer. Pendant que Gary s'activait dans la cuisine, elle transféra sur son ordinateur personnel les photos que Lily lui avait transmises ce soir. La taille de l'écran changeait radicalement la perception qu'on pouvait avoir de Léon et des gens qui l'entouraient le soir de la fête. Elle était occupée à les faire défiler quand Gary, revenu avec un mug de verveine-menthe, les regarda à son tour par-dessus son épaule.

– C'est Léon Lavil ! s'exclama-t-il. Vous ne l'avez toujours pas retrouvé ?

– Non...

La tisane était brûlante et, tout en soufflant dessus, Jeanne continua à activer le pavé tactile pour examiner les clichés.

– Il n'a pas l'air bien dans sa peau, ce garçon ! dit soudain Gary, et Jeanne se figea.

– À quoi tu vois ça ?

– Il est crispé, sourire forcé... Il transpire comme s'il allait s'évanouir... Et ce regard ! Vise-moi ces yeux... On dirait une bête traquée ou un petit veau qu'on emmène à l'abattoir...

– Tout de même... tu n'exagères pas un peu ?

– Ah non, crois-moi, ce garçon voudrait bien être loin ! Qui sont les deux hommes à ses côtés ?

– Son frère Antony et son entraîneur-manager Ronald Dubreuil.

– On dirait qu'ils lui font peur, ou plutôt non, qu'il les déteste... Ou qu'il leur en veut! Et la femme, là, qui est-ce?

– Sa mère.

– Elle a l'air vraiment peinée... presque malheureuse.

– Elle a perdu son mari, il y a un peu moins d'un an...

– Oui... Mais là, c'est Léon qu'elle regarde et c'est lui qui lui cause du souci!

– Tu es sûr?

– Certain! Il est mignon, ce garçon... C'est quoi, le bijou qu'il porte autour du cou?

Jeanne se pencha pour voir de plus près. Zut alors! C'était bien vrai, pourtant, que Léon arborait un pendentif! À peine dévoilé par l'échancrure de sa chemise blanche, comme s'il voulait le garder secret. Et que personne n'avait mentionné lors de la diffusion de son avis de recherche.

– C'est un petit médaillon avec une photo, dit Gary qui semblait avoir une meilleure vue que son épouse.

– La photo de son père, peut-être, ou d'une petite amie?

Les doigts de Gary avaient relayé ceux de Jeanne sur le pavé tactile, agrandissant la photo où l'on voyait Léon fuyant le regard de sa mère et l'appareil du photographe. Ses yeux étaient baissés, ses mâchoires serrées, ses lèvres pincées.

– Une petite amie avec une crinière sauvage, des griffes et des yeux qui louchent... C'est un lion, Jeanne.

Un lion! Voilà autre chose, songea la commissaire. Elle balaya les autres photos pour s'apercevoir que, sur les suivantes, on ne voyait plus le médaillon car Léon avait reboutonné sa chemise. Mais sa main était presque toujours posée sur l'objet comme s'il voulait garder le contact avec cet animal mystérieux.

L'image de Lily la percuta. Peut-être que ce soir, si elle avait pris le temps de parler plus longuement avec elle, la jeune fille lui aurait donné une idée. Le cas de Léon semblait l'intéresser et peut-être avait-elle une théorie au sujet de sa disparition. Lily ou son frère, qui avait approché de près le jeune footballeur... Ce n'était qu'une intuition mais cela valait la peine de la creuser. Plus angoissée qu'elle n'aurait voulu, Jeanne composa le numéro de Lily Rose mais n'obtint que sa messagerie.

10

Lily longeait la coursive qui séparait – au ras de la pelouse – les tribunes officielles de la zone privée. Elle connaissait précisément l'emplacement des caméras et savait comment éviter leur focus indiscret. Elle avait assez fréquenté la salle de coordination opérationnelle du Grand Stade, regardé les dizaines d'écrans de contrôle pour tout savoir ou presque du dispositif de surveillance. Le rez-de-chaussée dans son ensemble – vestiaires, zones de rencontre et de débat, loges – n'était pas équipé de vidéosurveillance parce qu'il fallait préserver la vie privée des joueurs, de leurs managers et de leurs staffs. Ainsi que des sportifs et de tous ceux qui venaient se produire là : chanteurs, orchestres...

Les salles obscures et désertes dormaient derrière les portes closes. Lucas suivait, à quelques mètres derrière sa sœur. Elle se retourna pour le faire accélérer et vit qu'il avait la trouille. Il avait déjà rechigné à l'accompagner mais elle avait tenu bon. À deux, ils avaient plus de chances de retrouver Léon. Les gardiens ne passaient par ici que toutes les deux heures, les jumeaux avaient largement le temps d'explorer les vestiaires et leurs annexes. Car il semblait à Lily que c'était le lieu le plus adéquat pour se cacher. Devant la porte, elle fit signe à Lucas de la rejoindre et tourna la poignée. Les équipes de ménage n'interviendraient que le lendemain et, par chance, rien n'était fermé à clef. À l'intérieur, il faisait sombre, et Lily, pour éviter de se faire repérer en allumant la lumière, se servit de l'écran de son portable qu'elle avait mis en mode silence. Toujours un peu réticent, Lucas l'imita en soupirant qu'ils faisaient une grosse bêtise. Sans l'écouter, la jeune fille commença à examiner les lieux : les bancs de bois accolés aux murs sur trois côtés, les alvéoles où les joueurs accrochaient leurs vêtements pour endosser shorts et maillots, les bancs des « coachs » au milieu de la pièce, la salle voisine avec deux tables de massage recouvertes de plastique noir. Au fond, les douches. Il n'y avait personne dans ce local, pas plus que dans le second, réservé aux équipes invitées, de l'autre côté du couloir et strictement identique au premier. S'ils repérèrent quelques cachettes où Léon aurait pu se dissimuler, ils ne le trouvèrent dans aucune.

– Viens, j'ai une idée ! souffla Lily dans l'oreille de son frère qui la tirait en arrière pour rentrer à l'appartement.

Il maugréa mais la suivit jusqu'à une vaste plateforme qui donnait accès aux installations techniques. Chaufferie, climatisation, dont on percevait les ronflements à travers les cloisons. D'énormes tuyaux et canalisations se donnaient rendez-vous derrière ces murs après avoir sillonné le Grand Stade et en repartaient à l'opposé avec de l'air frais ou chaud selon les saisons. C'était aussi dans ce large espace ouvert que le personnel entreposait le matériel et les fameuses voiturettes électriques avec lesquelles les employés sillonnaient les kilomètres de couloirs et de coursives.

– Qu'est-ce que tu manigances? s'alarma Lucas. Pourquoi on ne rentre pas, qu'est-ce qu'on vient faire là?

– Maman a arrêté sa voiturette ici, dit Lily en se positionnant dos à l'entrée, face au mur du fond. C'est là qu'on lui a volé son plateau...

Alice avait laissé son véhicule sans surveillance quelques minutes. Juste assez pour qu'un «voleur» intervienne. Lucas faillit éternuer à cause de l'air sec qui circulait dans ce secteur. Il renifla et Lily, index sur les lèvres, lui intima de faire silence. Ils restèrent ainsi un long moment, dans une semi-pénombre, puis Lily appela «Léon» doucement. Lucas tressaillit.

– T'es complètement folle!

– Chut!

Elle renouvela son appel plusieurs fois, sans succès. «Quelle idée stupide!» pensait Lucas, pris d'une folle envie de partir en courant. Subitement, le vrombissement de la ventilation cessa, ne laissant subsister qu'un faible souffle. Tétanisé, Lucas ne résista pas plus longtemps. Il tourna les talons et partit en vitesse. Lily faillit en faire autant, elle n'en menait pas large et songeait à son lit douillet. «Qu'est-ce qui m'est passé par la tête? De quoi je me mêle? J'ai peur!» Mais elle serra les dents et les poings. Un futur flic ne peut pas céder à la panique. Elle pensa à Jeanne Eloi et se força à rester là, sans bouger. Après quelques instants, elle était sur le point de renoncer pour de bon et de courir se réfugier à la maison quand un cliquetis l'alerta, un peu plus loin sur la droite.

– Léon! appela Lily d'une voix contenue, je sais que tu es là! Je m'appelle Lily, je suis venue pour t'aider!

Silence. Cliquetis. Silence.

– J'ai ton âge, Léon, je ne suis pas là pour te créer des ennuis, mais pour t'aider, je te jure que c'est vrai! Tu ne peux pas te cacher indéfiniment... Fais-moi confiance!

Le redémarrage de la ventilation fit s'envoler les poussières et heurta les tympans de Lily qui sursauta. Son cœur s'affola et il lui sembla percevoir comme un cri dominant le vacarme des ventilateurs. Était-ce la réalité ou le fruit de son imagination? Un cri comme un appel au secours. Pas rassurée, elle fit pourtant quelques pas en direction d'un amas de tables et de chaises stockées à proximité de deux voiturettes à l'arrêt, d'où la plainte paraissait émerger. L'une d'elles sembla bouger quand elle s'approcha. Lily se pencha, mit ses mains en coupe autour de son visage, le nez collé à la vitre. Il y avait bien quelqu'un dans cette voiturette ! Quelqu'un qui se cachait et dont elle ne distinguait qu'un morceau de vêtement blanc. Que faire ? Et si ce n'était pas celui qu'elle imaginait ? Mais vraiment un SDF, ainsi qu'elle l'avait elle-même suggéré à sa mère un peu plus tôt dans la soirée ? « Oh là là ! ma fille, dans quel traquenard vas-tu tomber ? » Quand même. Elle n'allait pas renoncer maintenant ! Elle, un futur as du RAID ! Résolument elle brandit son téléphone et éclaira l'écran. La lumière fit sortir un visage de l'ombre. Des cheveux un peu longs, des yeux sombres, écarquillés. Paniqué, Léon Lavil la contemplait.

11

Lucas ouvrit de grands yeux lui aussi quand il vit débarquer Lily et Léon qu'il eut du mal à reconnaître sur le coup. Le garçon était sale, les joues maculées de noir. Dans ses cheveux emmêlés s'accrochaient des débris d'« origine indéterminée ». Ses vêtements étaient froissés et plus très nets. La blancheur de sa chemise n'était plus qu'un rêve.

– Entre, lui dit Lily sur le seuil de la chambre de son frère. Lucas va te prêter des vêtements propres et tu vas prendre une douche.

Elle parlait bas afin de ne pas réveiller les parents qui dormaient à l'autre extrémité de l'appartement. Elle avait guidé Léon jusqu'ici en rasant les murs. À un moment, elle avait oublié le décompte du temps et ils avaient failli se laisser surprendre par la ronde des gardiens. *In extremis*, Lily avait poussé Léon dans le vestiaire des invités et ils s'étaient faits tout petits derrière la porte. Le sang cognant dans les tympans, ils avaient attendu que les surveillants s'éloignent et Lily avait dû soutenir le garçon que ses jambes avaient du mal à porter. Il n'était pas enthousiaste à l'idée de quitter sa cachette mais elle avait su se montrer convaincante en le conduisant chez eux et en lui promettant de ne pas appeler la police tout de suite.

– Tout le monde te cherche, avait-elle répété à Léon qui n'en revenait pas, le monde entier est sur les dents.

Lui pensait que son escapade n'avait alarmé que sa mère, son frère et Ronald Dubreuil. Il y avait de la rancune dans sa voix quand il parlait d'eux. Une angoisse, aussi, à l'idée de replonger dans sa vie d'avant. D'un autre côté, il avouait qu'il n'en pouvait plus de se dissimuler comme un malfaiteur.

– Tu crois que c'est une bonne idée de l'amener ici? ronchonna Lucas tandis que Lily refermait la porte de sa chambre en donnant un tour de clef par précaution.

– Tu en as une meilleure? chuchota-t-elle dans l'oreille de son frère. Tu préfères qu'on le laisse dehors, peut-être?

«Bien sûr, vu comme ça... Mais pourquoi dans *ma* chambre?» se demandait Lucas en allant chercher un sweat et un jogging propres dans son armoire. Il les tendit à Léon et lui montra la salle de bains qu'il partageait avec Lily, entre leurs deux chambres. Le garçon prit les vêtements en murmurant «merci». Mais demeura planté là comme s'il voulait demander quelque chose et n'osait pas. Les jumeaux attendaient, intrigués.

– J'ai faim, dit enfin Léon d'une petite voix intimidée.

– Mais évidemment!

Lily se frappa le front, pourquoi n'avait-elle pas pensé à cela? Elle promit de faire le nécessaire pendant qu'il se laverait. Un sourire reconnaissant, et Léon fila sous la douche.

Quand la jeune fille revint un peu plus tard avec quelques gâteaux et des boissons prélevées dans les placards de la cuisine et le frigo, Léon avait retrouvé un peu d'entrain. Ses cheveux bruns coiffés en arrière et encore mouillés, ses yeux noirs bordés de cils longs comme ceux d'une fille lui donnaient l'air d'un jeune matador. Les vêtements de Lucas lui allaient à la perfection, le pantalon était juste un peu court car, sous des aspects fluets, Léon était plus athlétique et surtout plus grand. Lily, troublée, posa le plateau sur le bureau de son frère. Léon était vraiment un beau jeune homme, elle le dévora des yeux quand il se jeta sur la nourriture.

– Qu'est-ce qui va se passer maintenant? demanda le jeune footballeur une fois qu'il fut rassasié.

Les jumeaux échangèrent un regard. À cet instant, ils n'en avaient pas la moindre idée. La logique et la raison voulaient qu'ils réveillent Jean et Alice Rose qui, à leur tour, préviendraient la famille de Léon et la police. Mais il y avait des chances pour que Léon le prenne de travers. «Je t'aiderai, lui avait dit Lily, fais-moi confiance», sans savoir à quoi elle s'engageait. S'il réagissait mal à leur idée de prévenir la police et leur faussait compagnie une nouvelle fois? Ils ne pouvaient pas l'enfermer, tout de même! Il avait la possibilité de s'échapper d'ici, ce n'était pas une prison. Lucas gardait les yeux fixés sur sa sœur comme si elle détenait toutes les réponses. Il était presque une heure du matin et Lily décida de gagner du temps:

– Si tu nous disais pourquoi tu as fait ça, lança-t-elle, nous pourrions mieux comprendre et décider quoi faire...

Léon les scruta à tour de rôle, s'attarda longuement sur Lily comme s'il semblait toujours hésiter à lui accorder pleinement sa confiance. Lily rougit et Lucas redouta d'entendre une histoire terrible. Que Léon était menacé, par exemple. Et maintenant qu'il était là dans l'appartement, dans sa chambre, même, peut-être qu'eux aussi étaient en danger...

– Je ne veux pas être footballeur, se décida brusquement le jeune garçon, du moins pas footballeur professionnel. Mes parents sont des gens modestes, mon père était ouvrier dans une usine du Nord et c'est lui qui m'a poussé à pratiquer ce sport. Je ne dis pas que je n'aime pas le foot, ça m'amuse de jouer de temps en temps mais c'est tout... Lui, il me voyait champion, riche et célèbre, il disait que j'aurais une vie meilleure que la sienne. Il en avait bavé, il n'y avait jamais d'argent à la maison, ma mère était obligée de travailler, bref... J'ai essayé de lui expliquer que je m'en fichais, de l'argent et de la célébrité, mais il n'entendait rien. Il a tout organisé, tout planifié pour moi. Je me suis disputé avec lui souvent, c'était peine perdue...

– Il voulait réaliser ses rêves à travers toi... souffla Lily.

– Oui, je crois. Il avait toujours rêvé de jouer au football mais n'avait pas pu parce qu'il boitait à cause d'un accident quand il était petit. Quand il est tombé malade, je n'ai plus osé le contrarier. Il est mort il y a presque un an et...

Léon marqua un temps, la voix enrouée tout à coup. La période avait été rude pour lui, Lily le sentait et Lucas avait de nouveau le ventre noué, comme en début de soirée avant le match quand il s'était souvenu que Léon n'avait plus de père.

– ... Il nous a réunis, mon frère Antony et moi. Ils nous a redit ce qu'il voulait : que je sois un grand champion, comme Zidane. J'ai pleuré mais je n'ai pas voulu lui faire de peine. Antony, lui, a pris les paroles de mon père au pied de la lettre. C'était comme un testament et il s'est senti responsable, obligé de faire ce que mon père voulait et même de prendre sa place. En plus ça l'arrangeait bien...

De nouveau ce ton vaguement rancunier en évoquant son grand frère. Lily demanda pourquoi et Léon confirma ce qu'elle pensait : le grand frère n'avait pas le talent de Léon et lui aussi comptait vivre la gloire et la fortune par procuration. Ce qu'il ne pouvait pas réussir, son petit frère le réussirait. Antony s'appuyait sur Ronald Dubreuil, et Léon se sentait cerné, soumis à la pression d'adultes qui se servaient de lui sans tenir compte de ses envies, de ses choix.

– Et ta mère ? objecta Lucas qui pensait à la sienne et n'imaginait pas qu'elle pût laisser faire une chose pareille sans réagir.

– Ma mère m'aime et me soutient mais elle n'a pas la force de s'opposer à mon frère, elle est toujours fatiguée à cause de son travail...

– Et tu n'as pas des amis à qui te confier, des membres de ta famille qui pourraient t'aider ?

Lily jeta un coup d'œil apitoyé à son frère bien naïf. Les amis, la famille, tout le monde devait trouver ça très bien, au contraire. Personne ne comprendrait qu'on puisse refuser une vie aussi extraordinaire, avec des gens qui vous arrêtent dans la rue pour vous faire signer des autographes, des milliers de fans qui scandent votre nom dans un stade.

– Non, personne n'aurait compris, confirma Léon en lui adressant un sourire triste, et comme maintenant je suis dans une école spécialisée, je ne suis entouré que de garçons qui veulent percer dans le foot, de profs qui sont payés pour créer des champions, et personne ne m'écoute...

– Mais tu veux quoi, au juste? s'exclama Lucas, un rien excédé et à vrai dire déçu car il ne voyait pas de réel danger dans la situation de Léon.

Léon laissa ses yeux se perdre au plafond tandis qu'il plongeait la main sous son sweat pour en sortir un pendentif. Il le montra aux jumeaux qui se penchèrent ensemble pour mieux voir:

– C'est ça que je veux...

Lucas, myope comme une taupe, n'aperçut d'abord qu'un tas de poils et se demanda si Léon n'était pas devenu fou ou s'il se moquait d'eux. Lily fut plus perspicace :

– Un lion? fit-elle, incrédule.

– Il s'appelle Clarence, il se trouve dans un zoo près de chez moi dans le Nord.

– Il louche !

– Oui, il a été capturé tout petit et on ne sait pas pourquoi, mais peu après il s'est mis à loucher. Mais il est génial !

Lily attendait la suite. Un lion, ok. Mais pourquoi ?

– Tu veux t'occuper d'un zoo? Être vétérinaire pour fauves ? suggéra Lucas avec une pointe d'ironie.

– Clarence est dans un zoo parce qu'il est en retraite mais il a passé sa vie dans un cirque... Le cirque Bilder... Vous connaissez ?

Nouvel échange de regards entre les jumeaux. Ils se souvenaient d'être allés au cirque, il y avait quelques années, à l'âge où les clowns vous font encore rire et où l'on s'émerveille de tout.

– Le cirque, c'est toute ma vie, souffla Léon, je veux être dompteur de fauves, acrobate, jongleur...

– C'est pas un peu beaucoup? demanda Lily, impressionnée par le feu qui brûlait dans les yeux noirs de Léon. Il faudra choisir...

– Je verrai bien... Pour l'instant, c'est tout ça qui me plaît, le cirque, la vie du cirque! Et sûrement pas le foot!

La nuit avançait et eux pas beaucoup. Lucas ne parvenait pas à comprendre l'attitude de Léon. Lui, à sa place, il aurait refusé de jouer, ou il aurait mal joué, raté les buts exprès, fait la grève de la faim. Ou simplement parlé avec son frère.

– Tu crois peut-être que je n'ai pas essayé! s'exclama Léon. Mais Antony me rappelait sans cesse la promesse faite à papa... J'ai pensé aussi à me rebeller mais j'ai du mal...

Cela se voyait que Léon n'était pas un dur. Sa tête était pleine de rêves, la violence et la révolte brute n'étaient pas dans ses gènes.

– Pourquoi alors, jeudi soir, à la fête? demanda Lily. L'idée de te cacher, subitement...

– Parce que Ronald Dubreuil venait d'annoncer que le PSG m'avait recruté. Que le contrat était signé... On ne m'avait rien demandé, ils voulaient, soi-disant, me faire une surprise! J'ai compris que tout était fichu et c'est comme si j'avais reçu un coup sur la tête. Je ne savais plus ce que je faisais. Je suis parti... et je me suis caché... Je sais bien que c'est une réaction idiote mais je n'ai rien trouvé d'autre sur le moment... Je ne veux pas aller au PSG...

Lucas avait du mal à admettre un tel refus, contrairement à Lily qui comprenait très bien ce qui avait motivé Léon. Si on l'obligeait à aller dans une voie qu'elle ne voulait pas, elle réagirait exactement de la même façon. Jamais elle ne renoncerait à son rêve de devenir policier, par exemple, et elle se sentait, à l'égal de Léon, prête à tout pour y parvenir. Mais comment allait-elle l'aider? Sa promesse («fais-moi confiance») allait se heurter à la réalité. Deux *gamins un peu idiots* ne pèseraient pas lourd face à des adultes sûrs d'avoir raison. Dans l'immédiat, il fallait dormir. Ne pas penser à demain. Quand elle se coula sous sa couette – les deux garçons partageaient la chambre de Lucas –, elle vérifia son portable et vit qu'elle avait reçu un appel de Jeanne Eloi, un peu après minuit. Un message aussi: *Lily, il faut que je te parle, c'est important*. La jeune fille hésita. Important ne voulait pas dire urgent. Et maintenant que Léon était en sécurité, que pouvait-il y avoir de plus important? Un peu plus inquiète qu'elle n'aurait voulu, elle décida pourtant qu'elle rappellerait Jeanne le lendemain matin. La nuit porte conseil, disait sa mamy. Réconfortée par cette sage réflexion, elle s'endormit dans la seconde.

12

Après une nuit peuplée de cauchemars, Lily entendit ses parents partir vers sept heures. Jean allait prendre l'avion à Roissy et Alice l'accompagnait en voiture. Elle profita de l'aubaine pour réveiller les garçons. Léon avait bien dormi, comme en attestaient ses yeux encore gonflés et son visage lisse. Pour Lucas, cela semblait moins évident. Il s'était posé un tas de questions et, ce matin, il voulait savoir comment et où Léon avait passé les quarante-huit heures de sa disparition. Où il se planquait quand les premières recherches avaient commencé, comment il avait pu échapper aux chiens policiers... Sourire modeste de Léon :

– En quittant les toilettes, je suis allé dans les vestiaires. Je suis resté là un moment, je voulais réfléchir, j'avais la boule au ventre à cause de ce qu'avait dit Ronald, le PSG, le contrat, tout ça... Puis j'ai entendu les gens m'appeler. Revenir à la fête m'a paru impossible. Je suis sorti des vestiaires et j'ai cherché un autre endroit pour me cacher. À ce moment-là je voulais juste réfléchir, peut-être leur faire peur, pour qu'ils comprennent...

À la queue leu leu, ils gagnèrent la cuisine, et Lily, silencieuse, commença à préparer le petit-déjeuner.

– Puis, poursuivit Léon en regardant fixement la jeune fille, j'ai découvert l'endroit où tu m'as trouvé. Les petites voitures électriques, la porte de la zone technique... Elle n'était pas fermée à clef, je suis entré et je me suis planqué. Quand j'ai entendu les chiens, au loin, j'ai décidé de rester où j'étais et de persévérer dans mon plan. C'était bizarre, comme si quelqu'un agissait à ma place, tu vois?

– Oui... murmura Lily en tendant un verre de jus de fruits à Léon. Mais où étais-tu pendant que les chiens te cherchaient?

– J'avais repéré une trappe à un mètre du sol. Derrière, il y avait un énorme tuyau et je me suis fourré dedans.

– Ç'aurait pu être dangereux ! s'exclama Lucas qui, pour rien au monde, n'aurait pris un tel risque.

– Je n'ai pas pensé à ça, admit Léon, j'étais obligé de rester accroupi, ce n'était pas confortable et, quand le ventilateur se mettait en route, j'avais l'impression d'être au milieu d'une tempête...

– Le bruit et l'air brassé par la ventilation ont trompé les chiens, conclut Lily, qui se souvenait des propos de Jeanne Eloi. Et tout le monde pensait à ce moment-là que tu avais quitté le Grand Stade, volontairement ou non...

Ils terminaient leurs tartines quand du bruit leur parvint de la porte d'entrée. Zut ! Trop tard pour se carapater dans les chambres ! La conversation cessa, la cuisine fut soudain figée, comme frappée par la baguette magique d'une fée. Ils entendirent Alice chantonner – faux – dans le couloir, poser son sac et accrocher ses clefs au tableau. Puis elle apparut à la porte et cessa de chanter, bouche bée. Elle fixa Léon avec l'expression d'un paysan qui vient de découvrir une soucoupe volante dans son champ de maïs.

– Tu es...

– Léon Lavil, madame... compléta le garçon, un peu penaud.

– Maman, je vais t'expliquer ! s'empressa Lily qui voyait le visage de sa mère prendre une couleur qu'elle redoutait par-dessus tout : celle de la colère.

– Ne me dites pas que c'est vous qui avez enlevé ce garçon ! dit-elle d'une voix étranglée. Que vous le cachez ici depuis jeudi soir !

– Mais non ! s'exclamèrent en chœur les jumeaux.

– Ce n'est pas ce que tu crois, maman, dit Lily, je te le jure...

– Bien. Alors, explications ! J'attends !

Ils se mirent à parler tous les trois en même temps. Léon voulait dédouaner ses nouveaux amis qui revendiquaient chacun l'exploit de l'avoir retrouvé. Après quelques secondes de totale cacophonie, Alice se boucha les oreilles en affirmant qu'elle ne comprenait rien. Il lui fallut plusieurs minutes pour ramener le calme et entendre la *vraie* version des faits.

– Vous avez de la chance que votre père ne soit pas là, il n'apprécierait pas que vous n'ayez rien dit hier soir et que vous ayez fait tout cela à son insu...

Elle n'était pas contente, la réprobation se lisait dans ses yeux. Ils se récrièrent : tout le monde avait besoin de dormir et surtout leur père. Et qu'est-ce que cela aurait changé ? Alice mit les poings sur ses hanches :

– Qu'est-ce que ça aurait changé ? Non mais je rêve ! Vous avez pensé à sa mère ? Quelques heures de plus ou de moins à s'angoisser, ce n'est pas rien ! D'ailleurs, toi, Léon, tu as pensé à elle en faisant ce que tu as fait ?

– Maman ! supplia Lily.

Mais Alice était fâchée. Et maintenant elle se dirigeait vers le téléphone pour appeler la police. Mettre un terme à cette histoire insensée dont elle ne voulait rien écouter de plus, d'ailleurs. Lily comprenait qu'elle voulait se tranquilliser en s'en remettant à des professionnels. L'adolescente se précipita pour supplier sa mère. Léon ne pouvait pas être rendu à sa famille de cette façon. Il fallait qu'elle écoute jusqu'au bout ce qu'il avait à dire. C'était une question de vie ou de mort. La main sur le téléphone, Alice interrompit son geste devant l'air catastrophé de sa fille.

– Je sais qui appeler, maman, dit Lily en prenant les mains de sa mère dans les siennes.

– Qui?

– La commissaire Eloi... J'ai confiance en elle. Je lui ai parlé, hier soir!

– Hier soir? émit Alice, incrédule.

– Oui, je vais t'expliquer, mais je t'en supplie...

Alice sonda longuement les yeux de sa fille et céda. Lily extirpa son portable de la poche de son jean et, pile à ce moment-là, l'appareil se mit à vibrer. Le nom de Jeanne Eloi s'inscrivit à l'écran.

La commissaire débarqua une demi-heure plus tard. Elle avait fait vite, peut-être même branché le gyrophare et la sirène! Elle n'avait pas manifesté de surprise quand Lily lui avait annoncé la nouvelle au téléphone. Seulement une évidente désapprobation: Lily aurait dû lui parler hier soir, dès qu'elle avait eu l'intuition de ce qu'avait fait Léon et la certitude qu'il était toujours dans le Grand Stade. Et ne pas attendre ce matin et la pression de sa mère pour donner des nouvelles du garçon. Lily avait subi ses reproches en se mordant les lèvres. Elle savait que Jeanne manifestait ainsi son soulagement que tout se termine bien, mais elle entendait aussi une mise en garde : quand on veut exercer ce métier, il ne faut pas faire n'importe quoi. Il y a des règles à respecter, des obligations à remplir. Il y va souvent de la vie des gens dont on a la responsabilité. Une mauvaise décision peut entraîner des conséquences dramatiques. Puis elle avait dit : «J'arrive tout de suite», et Lily n'avait pas osé formuler une requête qui aurait pu être mal prise : qu'elle vienne seule et qu'elle écoute Léon avant de déclencher le grand branle-bas de combat. Car l'histoire de Léon qui enflammait déjà les médias – Alice avait repéré des voitures de presse en maraude devant le Grand Stade quand elle était revenue de l'aéroport – allait prendre encore plus d'ampleur. Et Lily voulait par-dessus tout protéger Léon et lui permettre de se faire entendre enfin. Il faut croire que Jeanne Eloi avait *vraiment* de l'intuition car non seulement elle arriva seule, mais elle demanda à entrer par une porte à l'abri des regards indiscrets des photographes.

Léon avait été «briefé» par Lily. Il devait continuer à croire en elle et maintenant en Jeanne Eloi. Une femme commissaire comme il y en avait peu. Le garçon avait exprimé des réticences, il prétendait que les policiers étaient tous les mêmes. Il avait affirmé qu'il ferait une autre «bêtise» si on l'obligeait à rejouer au foot.

– Personne ne t'obligera, dit Jeanne de sa voix posée et ferme, je te le promets. Mais tu n'as que quatorze ans et tu ne peux pas décider tout seul, ni t'en aller je ne sais où quand tu n'es pas d'accord avec les adultes. Ta famille est responsable de toi et...

– Je sais! protesta Léon. Mais comment je fais si personne ne veut m'entendre?

Jeanne pensait à ces enfants que leurs parents emmènent, sans leur demander leur avis, sur les courts de tennis, à des castings de cinéma ou à des concours de beauté et autres défilés de mode. Des parents de bonne foi sans doute, qui veulent le meilleur pour leurs enfants et, parfois, gâchent leur vie en détruisant leurs rêves.

– Il y a des solutions, dit-elle. Pour commencer, je vais parler à ta mère...

– Ce n'est pas elle le problème!

– Ton frère?

– Oui, et mon coach, Ronald...

– Ton coach, on s'en fiche, sauf si ta mère a signé un contrat avec lui...

Léon baissa la tête. Le contrat existait bel et bien. Ronald était venu au début de la semaine voir sa mère à Lens et il avait apporté le document pour son entrée au PSG. Madame Lavil l'avait gardé pour le lire en détail et Antony avait beaucoup insisté, le soir, pour qu'elle signe tout de suite. Ronald avait annoncé la nouvelle de son recrutement au PSG jeudi, c'est donc qu'elle avait signé.

– De toute façon, le rassura Jeanne, un contrat, on peut le dénoncer, ça n'a pas de valeur éternelle... C'est ton frère qui sera le plus difficile à convaincre, si je comprends bien?

– Il me culpabilise avec cette promesse faite à notre père...

Jeanne Eloi réfléchissait. Il fallait prendre une décision rapidement maintenant. Elle expliqua à Léon que, faute de trouver un arrangement avec sa famille et s'il voulait à tout prix accomplir son propre rêve – elle comprenait mieux à présent la présence d'un lion en photo à son cou –, il pourrait demander à rencontrer un juge pour enfants. À quatorze ans, il avait le droit de s'exprimer sur ses choix. En général, les enfants suivaient cette procédure pour déterminer avec lequel de leurs parents séparés ils voulaient vivre, mais il y avait d'autres cas où on pouvait l'envisager. Léon était effondré. Il ne voulait pas en arriver là.

– Je vais parler à ton frère et à ta mère, dit Jeanne après une longue réflexion, mais je ne peux rien te garantir. C'est toi qui détiens les clefs, en fait. C'est toi qui dois les convaincre.

Un cri en provenance du fond du couloir les fit sursauter. Lily, repliée dans sa chambre afin de laisser Jeanne en tête à tête avec Léon, fit son apparition, les joues rouges.

– Vous savez quoi?! s'exclama-t-elle.

Jeanne et Léon firent signe que non en même temps. Lily vit que le garçon était perturbé. Sans doute attendait-il de Jeanne un miracle. Qui n'était pas arrivé. Ses yeux brillaient et il semblait sur le point de se mettre à pleurer.

– Que se passe-t-il? demanda la commissaire, vaguement contrariée par l'intrusion volcanique de la jeune fille.

– Le cirque Bilder! fit Lily, tout excitée.

Ils crurent un moment que les événements et les émotions avaient fait des dégâts dans son cerveau. Lily se planta au milieu du salon, les poings sur les hanches.

– Le cirque Bilder, redit-elle en gratifiant Léon d'un regard incendiaire, tu connais ou bien...?

– Bien sûr que je connais! C'est là que Clarence se produisait, je te l'ai dit...

– Le cirque Bilder est à PARIS en ce moment, tu te rends compte! Il vient d'arriver sur la grande pelouse de Reuilly, pour deux mois!

Léon chercha du secours auprès de Jeanne, mais elle paraissait encore plus dépassée que lui.

– Ce cirque, martela-t-elle à Léon, tu le connais bien, tu y es allé souvent, c'est bien exact?

– Oui, mais...

– Lily, par pitié, supplia Jeanne, dis-nous ce que tu as sur le cœur!

– Une idée! J'ai une idée!

13

Il était presque dix-huit heures, le soleil commençait à décliner, mais, sur la grande pelouse de Reuilly, la fête battait son plein. Des grappes d'enfants excités tentaient d'échapper à la vigilance de leurs parents pour se glisser du côté des immenses cages où s'agitaient les animaux, perturbés par les exclamations et les cris. Le cirque Bilder proposait un large éventail d'espèces, notamment exotiques (zèbres, dromadaires, lamas...) ; il possédait un groupe de lions impressionnant (une quinzaine) et, parmi eux, six spécimens blancs qui attiraient un public nombreux. Derrière les palissades, à l'abri des regards, les artistes s'entraînaient encore. On ne les voyait pas mais on les entendait.

Interpellations, coups de gueule, rires et une multitude de bruits impossibles à identifier qui ajoutaient au mystère des coulisses du cirque et fascinaient le jeune public impatient.

Lily et Lucas guettaient près des guichets. Alice attendait plus loin, un peu nerveuse. Sa fille avait de ces idées ! Et Jeanne, la commissaire, qui avait accepté ! Elle avait un peu rechigné, c'est vrai. Elle avait pris le temps de réfléchir mais avait finalement admis que l'idée de Lily était intéressante et que « ça pouvait marcher ».

Lucas se rongeait les ongles. Lily s'efforçait à plus de sérénité mais ce n'était qu'une façade. Le cirque, c'était son idée, mais si les choses tournaient mal, ce serait Jeanne la responsable ! Qu'elle ait accepté de suivre la proposition de Lily était extraordinaire. Bien sûr, elle avait organisé l'opération minutieusement, Lily ne savait pas trop comment. Le matin, elle l'avait entendue de loin parler au téléphone avec le chef de la brigade des mineurs. Ça n'avait pas semblé facile, Lily n'avait pas tout compris mais elle avait deviné que Jeanne devait batailler pour que Léon ne soit pas sur-le-champ rendu à sa famille. Puis elle était partie. Revenue vers midi, elle avait accepté de déjeuner avec la tribu Rose et avait expliqué comment les choses allaient se passer.

En début d'après-midi, Jeanne avait embarqué Lily et Léon. Ils étaient sortis par la porte secrète du Grand Stade pendant que Lucas et Alice faisaient diversion devant l'entrée principale avec les quelques journalistes présents. Ils étaient arrivés au cirque Bilder vers quatorze heures et avaient été accueillis par Kim Bilder en personne. L'homme portait un vêtement genre treillis militaire et des lunettes de soleil. Grand et sportif, il avait examiné longuement Léon, et Lily avait compris tout de suite que ces deux-là étaient sur la même longueur d'ondes.

– Je vous les confie, avait dit Jeanne après s'être assurée que tout irait bien. Deux de mes officiers vont rester avec vous... Je serai de retour bientôt !

Lily connaissait les deux policiers, elle les avait vus au commissariat pendant son stage. Un homme et une femme, jeunes, en civil, dont l'attitude sérieuse montrait qu'ils surveilleraient Léon comme du lait sur le feu. Jeanne avait exigé des deux jeunes gens la promesse qu'ils respecteraient ses conditions et ne feraient rien qui puisse lui faire regretter la confiance qu'elle leur accordait. Puis elle était partie et Lily n'avait pas osé lui demander comment se déroulerait la suite des opérations. Elle resterait avec Léon jusqu'au bout de cette journée qu'elle vivait comme un songe. Quand elle regardait le jeune garçon, quelque chose vibrait en elle mais elle s'efforçait de le cacher, pas sûre qu'il ressente la même chose.

Sous l'œil attentif de Kim Bilder, Léon avait passé deux heures extraordinaires avec les artistes du cirque. Kim lui avait présenté les jongleurs. Léon avait montré ce qu'il savait faire avec des massues et des ballons. Il avait des progrès à réaliser mais tout le monde avait applaudi son adresse. Il avait ensuite regardé les acrobates. Mais, Kim Bilder l'avait bien compris, il était irrésistiblement attiré par les fauves. Les tigres, il s'y était peu attardé. Se retrouver face aux plus gros félins existant dans la nature l'impressionnait, mais il n'éprouvait pas à l'égard de ces animaux solitaires la passion que les lions lui inspiraient. Le dompteur des lions du cirque Bilder était Kim en personne. Il faisait des choses incroyables avec eux et il était très fier de ses spécimens blancs. Il avait été le premier à en dresser, disait-il, il les avait fait venir d'Afrique du Sud. Léon apprenait, fasciné, que ces lions blancs – leur couleur était due à une mutation génétique – ne vivaient quasiment qu'en captivité. Dans la nature, leur robe claire les rendait trop visibles et donc vulnérables, en particulier aux chasseurs et aux braconniers. Lily ne trouvait pas l'idée de la sélection génétique très bonne et, en général, elle considérait que la place des animaux sauvages se trouvait dans la nature. Si on voulait les voir de près, les admirer, les photographier, on n'avait qu'à aller en Afrique, dans les grands parcs naturels. En captivité, ils étaient forcément malheureux. Léon ne partageait pas cet avis. Les lions avaient besoin de vivre en groupe et c'est ainsi qu'ils évoluaient dans un cirque. Ils pouvaient s'y reproduire, et la preuve qu'ils étaient heureux, c'est qu'ils restaient agressifs. Un animal mal dans sa peau devient amorphe, il déprime et ne veut plus rien faire. À peine s'il consent à se nourrir. « Et ici, on les traite bien, regarde comme ils sont magnifiques !» disait Léon. Lily n'en pensait pas moins mais là, circulant entre les cages, le jeune homme semblait tellement heureux ! À écouter Kim raconter la naissance d'un lionceau blanc – les deux parents devaient être blancs tous les deux, sinon ça ne marchait pas – l'année dernière dans un zoo proche de Paris, il était aux anges. Le bébé avait maintenant un an, il avait quitté la nursery et, dans quelques mois, quand il pourrait être séparé de sa mère, il viendrait rejoindre la troupe Bilder.

Kim avait proposé de faire un peu d'exercice avec les lions car il avait compris que Léon en brûlait d'envie. Habituellement, les jours de représentation, il ne les faisait pas répéter. Il fallait les laisser souffler parce que le contact avec la foule était stressant. La piste d'entraînement – à l'opposé du chapiteau – était située à l'arrière des cages avec lesquelles elle communiquait par une trappe. Ils s'y rendirent et Kim fit entrer en piste trois lionnes blanches qu'il appela Lena, Oufda et Serena. Les plus anciennes de la troupe, les plus aguerries, celles sur qui il comptait pour entraîner les autres.

– Il faut du temps pour dresser un fauve, dit-il après qu'il fut lui aussi entré à l'intérieur de l'enclos, des années sont nécessaires et chaque jour est une sorte de recommencement.

Léon, resté à l'extérieur, séparé des fauves et de Kim par un solide grillage, semblait transporté dans une autre galaxie. Il avait oublié Lily et les deux policiers, pourtant pas très loin. Un fouet dans une main et un long bâton dans l'autre, Kim Bilder, le regard fixé sur ses lionnes, entamait avec elles un ballet fascinant. Il les stimulait en les appelant par leurs prénoms, les encourageant de légers claquements de langue. Elles exécutaient les ordres mais ne cessaient de grogner, d'ouvrir grand les mâchoires, découvrant leurs dents aiguisées comme des sabres. Léon savait que c'était leur mode d'expression, cela ne signifiait pas forcément qu'elles pouvaient attaquer leur dresseur, mais celui-ci ne baissait pas la garde, montrant la distance à respecter à l'aide de son bâton et guidant les figures imposées au moyen de son fouet. Il surveillait surtout celle qu'il appelait Oufda et qui semblait plus agitée que les autres. Fougueuse, elle bondissait plus fort, plus vite, plus loin. Elle semblait rechigner à obéir, bien que, en définitive, elle se pliât aux ordres comme les autres. Un moment, Léon crut qu'elle allait attaquer Kim car elle avait, à l'improviste, balancé un grand coup de patte qui avait brisé l'extrémité du bâton. Mais le dompteur ne se démonta pas et, avec un sang-froid inouï, ramena en douceur la lionne dans le droit chemin en l'apaisant avec des mots tout simples. Elle s'assit finalement sur son tabouret, à côté des deux autres, battant l'air de sa queue au toupet plus foncé que sa robe, mécontente mais soumise. Quelques exercices encore – descendre du tabouret, remonter – et Kim annonça qu'il devait arrêter. Les lionnes allaient entrer en piste dans deux heures, elles devaient se détendre. Léon brûlait d'envie de pénétrer dans l'enclos, mais Kim ne pouvait évidemment pas l'y autoriser. Il lui proposa seulement de s'approcher plus près du grillage. Lui-même recula un peu à l'écart des lionnes et invita Léon à leur parler. Au début, les fauves gardèrent leurs regards fixés sur leur dresseur, en attente des ordres suivants. Kim suggéra alors à Léon d'appeler les lionnes par leurs prénoms, de claquer doucement de la langue de la même manière que lui un peu plus tôt. Léon s'exécuta. Il ne ressentait aucune peur, juste un infini bonheur. Comme s'il surfait sur une vague qui l'aurait soulevé de terre pour le transporter de l'autre côté de la barrière, au plus près des lionnes dont il sentait maintenant très précisément l'odeur forte et entêtante. Oufda fut la première à réagir. Elle sauta en souplesse de son tabouret et, une fois au sol, hésita. Sa queue remuait toujours mais plus mollement, sans colère. Lena et Serena – la plus placide, selon Kim – suivirent le mouvement. Il arrivait que, dans les groupes de lionnes, une forte tête prenne le commandement des autres, cela semblait être le cas avec Oufda que ses deux comparses accompagnèrent jusqu'à deux mètres de Léon. Oufda l'examina en feulant, Serena grogna, Lena leva la tête vers le plafond et la secoua en grondant. Sans agressivité, seulement avec curiosité, mais ce n'était que l'avis très personnel de Léon ! Sous l'œil attentif de Kim, les lionnes s'approchèrent encore de cet étrange gamin qui disait leurs noms et émettait des bruits encourageants avec sa bouche. Oufda, très près de lui maintenant, s'arrêta pour le fixer et, subitement, il eut l'impression de voir Clarence et son regard de travers. Il chuchota: «Bravo, Oufda, ok, ok, Oufda, *good girl*!» Il avait entendu que Kim leur donnait ses ordres en anglais ou en allemand et il savait pourquoi: les fauves ne comprennent qu'une seule syllabe à la fois et les langues anglo-saxonnes sont plus adaptées à cette nécessité.

– Allez, Oufda, reprit Léon avec douceur, roule, roule, ma belle...

Et là, sous les yeux incrédules de Kim Bilder, dresseur et dompteur de fauves depuis vingt ans, il se passa quelque chose d'incroyable. La lionne indocile, capricieuse, qui n'en faisait souvent qu'à sa tête, se coucha dans la terre sableuse et posa sa tête sur ses pattes avant. Il y avait une sorte de magie dans cette posture qui ressemblait autant à une déclaration d'amour qu'à un acte de soumission. Comme pour confirmer qu'Oufda était bien la chef, les deux autres lionnes se couchèrent à leur tour. Sans aller jusqu'à imiter leur compagne, elles demeurèrent ainsi, tête dressée, à fixer Léon comme si elles attendaient de lui autre chose. Des ordres ou un geste. Léon réitéra sa demande:

«Roule, roule, Oufda, roule», mais la lionne fit la sourde oreille. En retrait, Kim hocha la tête: c'était trop tôt, Oufda n'était pas prête mais ce qu'elle venait de faire était déjà une énorme victoire pour Léon, le signe que sa voie était bien là.

– C'est bien, Oufda, c'est bien, dit le garçon après un long moment où le temps sembla suspendu, c'est bien, Lena, bravo, Serena...

Il poursuivit ses compliments à la manière d'une litanie, et Kim Bilder n'en revenait pas. L'instant d'enchantement passé, les lionnes se désintéressèrent de Léon, et Kim les fit rentrer dans le tunnel pour qu'elles rejoignent leurs cages.

– Tu as un véritable don, affirma-t-il à Léon une fois qu'il fut sorti de l'enceinte grillagée, et la louange produisit une drôle de sensation dans le ventre du garçon. Si tu veux, je te prends avec moi, pour la prochaine tournée... Tu as beaucoup à apprendre mais tu progresseras vite!

Lily, quelques mètres en arrière, n'avait rien perdu du spectacle. Encore faudrait-il convaincre la famille, songea-t-elle avec une pointe d'appréhension.

14

Le spectacle tardait à reprendre et personne ne savait trop pourquoi. La première partie s'était déroulée sans anicroches. Lily, entre sa mère et son frère, était assise au premier rang et rongeait son frein depuis un moment. Pas parce que le spectacle l'ennuyait. Au contraire, elle avait trouvé les clowns drôles, les jongleurs formidables, les voltigeurs et trapézistes époustouflants. Mais elle avait le ventre noué à force de penser à Léon. Il était resté dans les coulisses en compagnie de Kim Bilder et des deux policiers imposés par la commissaire Eloi. Elle ne savait pas ce qu'il y faisait et ce qui allait se passer maintenant. Elle en était très perturbée. Est-ce que Jeanne, qu'elle n'avait pas revue depuis le début de l'après-midi, rencontrait des difficultés? Est-ce qu'elle pourrait tenir la promesse faite à Léon?

Pendant l'entracte, les gens du cirque avaient installé les grilles derrière lesquelles les fauves allaient bientôt évoluer. Le tunnel communiquant avec les cages s'ouvrirait incessamment... Lily frissonna, le temps passait et rien ne se passait. Le public s'impatientait, principalement les enfants qui piaillaient, criaient et énervaient leurs parents. Soudain, un mouvement dans la travée centrale attira son attention. Elle comprit la raison des longues minutes d'attente quand elle vit entrer une petite troupe vers qui tous les regards se tournèrent avec curiosité. Jeanne Eloi menait le groupe composé d'une dizaine d'individus. Plusieurs hommes – sans doute des policiers – s'arrêtèrent à l'entrée des gradins, tandis que Jeanne avançait vers le premier rang, suivie de trois personnes. Lily reconnut la mère de Léon, son frère Antony et son manager Ronald Dubreuil. Son cœur se mit à battre un peu plus fort quand ces gens la dépassèrent pour aller s'asseoir. Jeanne gratifia Lily d'un petit clin d'œil qui se voulait complice, mais la jeune fille devina qu'elle était tendue bien qu'elle n'en laissât rien paraître. En s'asseyant, le manager ne put s'empêcher de faire une réflexion à Jeanne : «J'espère que vous avez de bonnes raisons de nous avoir fait venir ici ! » gronda-t-il, mécontent. «Tiens donc ! » songea Lily. Jeanne n'avait-elle pas expliqué pourquoi elle amenait au cirque la famille de Léon et son coach ? Si c'était une surprise, peut-être allaient-ils mal la prendre ! Antony renchérit : il n'avait pas de temps à perdre avec des enfantillages, qu'elle fasse bien attention à elle, la commissaire, ils avaient des relations un peu partout et ils pourraient nuire à sa carrière. C'est alors que Lily vit s'interposer madame Lavil qui demanda à son fils de rester poli et à Dubreuil de se taire. Elle intercepta son regard : calme et serein, mais autoritaire. Elle en ressentit du soulagement.

À ce moment-là, comme par magie, les lumières s'éteignirent dans les gradins. Les enfants se mirent à crier à l'unisson, pressentant que la deuxième partie du spectacle allait commencer. Le nom de Kim Bilder, scandé par des centaines de voix juvéniles, fit s'éclairer la piste. Un rond de lumière, pour commencer, qui se fixa sur la porte du fond. Épingla l'homme qui entrait en saluant le public de sa main gauche dressée vers le toit du chapiteau, la droite serrant le manche de son long fouet. Pantalon de cuir noir et hautes bottes assorties, chemise blanche à manches bouffantes, large ceinture brodée dans des tons qui rappelaient ceux de la savane et qui emprisonnait la taille svelte du dompteur. Un bandeau noir retenait ses cheveux, lui donnant l'allure d'un pirate sans ses corsaires. Une fois les présentations terminées, Kim se tourna vers le tunnel et lança dans l'air un geste qui voulait dire « on y va ». Aussitôt, derrière la trappe, une agitation importante naquit. On entendit des grognements, des rugissements, des piétinements excités et, miracle, le silence se fit sous le chapiteau, les enfants retenant leur souffle. À l'ouverture de la trappe, deux énormes lions mâles et six lionnes, tous blancs, se précipitèrent.

Lily contempla, admirative, la maestria avec laquelle Kim prenait le contrôle de ses fauves, les amenant, à coups d'ordres en allemand et en anglais et de claquements de son fouet, à lui obéir.

Grimper sur les tabourets, s'y asseoir. Redescendre, se coucher, rouler. Sauter au milieu de cerceaux tenus par le dompteur, retomber à ses pieds, ou presque. Autour de Lily, la foule frémissait chaque fois qu'un lion rugissait ou s'approchait trop près de Kim Bilder, balançant dans sa direction une de ses énormes pattes et découvrant ses dents inquiétantes. Mais applaudissait quand les félins exécutaient, à la perfection, le numéro inscrit au programme. Un final en apothéose avec toutes les lionnes assises sur les tabourets, pattes avant relevées, et les deux mâles face à face sur des escabeaux, leurs somptueuses crinières mêlées, dressés tête contre tête. Kim ordonna alors à la troupe de regagner le tunnel. À l'exception des lionnes Oufda, Lena et Serena auxquelles s'était jointe une femelle plus petite, plus jeune sans doute que les autres. Elles obéirent à l'injonction du maître et demeurèrent sagement assises sur leurs tabourets, leurs regards rivés sur lui, sans perdre une miette du plus infime de ses mouvements. Quand il ne resta plus que les quatre lionnes en piste, Kim lança un nouveau geste en direction de la régie du cirque, cette troupe d'hommes tapis dans l'ombre et que nul ne voit jamais, mais sans qui le cirque ne serait pas monté, pas éclairé, les animaux pas préparés ni nourris... La lumière baissa sur la piste et un projecteur s'alluma, réduisant la luminosité vive à un cercle qui se posa sur une silhouette immobile à quelques mètres devant Lily, entre les grilles de la cage et le premier rang de spectateurs. Même si on ne lui voyait que le dos, on ne pouvait pas s'y tromper. Dans un costume qui ressemblait à s'y méprendre à celui de Kim Bilder, Léon se tenait debout, droit et concentré. «Dommage, songea Lily, qu'il ne puisse entrer dans la cage avec Kim, comme il doit le regretter!» Mais elle savait bien que ce n'était pas possible. Personne n'aurait pu prendre un tel risque, avec mille personnes autour et en présence de la famille, en plus! Dans quelque temps, quelques mois ou quelques années, si tout se passait bien, Léon serait là-bas, de l'autre côté des solides barreaux. Lily, à cet instant, en eut la certitude. Une exclamation étouffée d'Antony, le grand frère, la fit redescendre sur terre:

– Léon? Mais c'est quoi ce délire? Qu'est-ce qu'il fait là?

– Chut! ordonna de nouveau la mère, et Lily ne douta plus alors qu'elle était dans la confidence et qu'elle jubilait.

Jeanne avait dû lui parler à l'écart des deux autres. Lui expliquer ce qui allait se passer, car elle était, malgré ce que pensait Léon, la plus à même de le comprendre et de l'écouter. Ronald Dubreuil s'agita lui aussi et, cette fois, c'est Kim lui-même qui réclama le silence. «La partie est encore loin d'être gagnée», se dit Lily, le regard braqué sur le dos de Léon pour lui transmettre ses encouragements, le plus intensément qu'elle put.

Sans quitter Léon, le suiveur (ainsi nomme-t-on l'éclairagiste qui suit un acteur en particulier, au théâtre ou au cirque) remit de la lumière sur la piste et sur les lionnes qui, sagement, attendaient. Elles poussaient bien de temps à autre un petit rugissement pour montrer qu'elles étaient là et qu'elles ne resteraient pas assises ainsi toute la nuit. Kim agita son fouet puis, devant l'assistance stupéfiée, le posa à terre. Puis il s'agenouilla face aux quatre femelles aux regards braqués sur lui et, dans un silence troué de murmures fiévreux, s'allongea de tout son long sur le dos, les bras au-dessus de la tête. Un ordre qu'elles étaient seules à comprendre et à traduire, et elles sautèrent en souplesse de leurs perchoirs, s'approchèrent de Kim. Elles ne semblaient ni agressives ni stressées, mais chacun sait qu'un fauve est sensible à tout et que son humeur peut changer d'une seconde à l'autre. Lui, au sol, imperturbable, les incitait à se rapprocher encore. En avant du groupe, Oufda s'avança, enjamba le corps de Kim au plus près de son visage et s'allongea sur lui de tout son poids. Serena suivit, puis Lena. La plus petite, qu'il appelait Anta, mit plus de temps à exécuter ce qu'on attendait d'elle mais finit par se coucher aussi sur les pieds de Kim. Le dresseur releva alors la tête et, de ses bras, entoura le cou d'Oufda qui se laissa faire en agitant doucement ses oreilles. «Il doit surveiller, quand même, songea Lily dont le cœur cognait contre les côtes, qu'elle ne rabatte pas les oreilles vers l'arrière car, dans ce cas, il y a danger». Ce qu'il réussissait là avec ses quatre lionnes était le fruit d'un énorme travail mais aussi de beaucoup de patience et d'amour.

Kim demeura ainsi quelques secondes, le temps suspendu au-dessus de ce groupe insolite de lionnes – qu'on aurait dit en attente d'une récompense – et de leur dompteur, prisonnier de leurs six cents kilos de muscles. Puis il donna l'ordre de la dispersion, et les fauves se relevèrent, Anta toujours un peu plus lente que les autres. Kim se redressa, récupéra son fouet et, de la pointe du manche, les guida doucement vers leurs tabourets. Il se tourna alors vers Léon et tout à coup il n'y eut plus que les deux halos lumineux, l'un au milieu de la piste, l'autre en dehors, se répondant comme dans un duo, une parade qui aurait été répétée de toute éternité. Léon refit exactement ce qu'il avait fait l'après-midi, appelant les lionnes par leurs prénoms. Et il se passa exactement la même chose. Les quatre femelles redescendirent de leurs perchoirs et vinrent à lui, attirées par cette voix que, pourtant, elles ne connaissaient pas encore. Le public, cette fois, avait stoppé tout mouvement, peut-être même avait-il cessé de respirer tant ce qui se passait sous ses yeux était incroyable. Si la petite Anta resta un peu à la traîne et dut être rappelée à l'ordre par une légère caresse du fouet de Kim, les trois autres s'avancèrent, telles des reines en majesté. Léon répéta ce qu'il avait entendu de la bouche de Kim pour les faire arrêter à deux mètres de la grille. Il leur ordonna de s'asseoir, redisant leurs noms. Elles se soumirent en le fixant.

– Oufda, roule ! lança alors Léon de sa voix d'adolescent, pleine de puissance et pourtant si fragile encore. Roule, roule, Oufda, roule !!!

« Commence par Oufda, avait dit Kim Bilder, si elle t'obéit, les autres suivront. » Il se passa alors une chose époustouflante. Lentement Oufda se coucha de tout son long et entama une roulade sur le dos. Lena suivit puis Serena. Anta résista, lançant des coups de patte en direction de Léon. Kim hors de sa vue, elle croyait sans doute à un jeu qui ne la concernait pas.

– Roule, Anta ! ordonna Léon. Allez, roule ! Encore, Oufda, roule !

Quand enfin Anta se décida et que les autres, encouragées par la voix de Léon, reprirent leurs culbutes, Lily ressentit l'émotion du public à l'unisson de la sienne. Personne ne pouvait mesurer ce qui était en train de se jouer, entre quatre splendides lionnes blanches et un jeune homme, si menu à côté des fauves qu'il ressemblait à un enfant. Mais tout le monde comprenait que cet instant était crucial, qu'il marquait un pas décisif dans la vie de ce garçon déterminé. Un bref sanglot échappa à la mère de Léon. Antony et Ronald, eux, semblaient pétrifiés.

Léon prolongea quelques instants la séance, puis Kim reprit la main sur ses lionnes. Elles s'en furent, pressées, reprendre le chemin du tunnel, leur instinct leur soufflant que la récompense était au bout, dans leurs cages où quelques kilos de viande fraîche les attendaient. Le public se souleva alors dans un tonnerre d'applaudissements et de sifflets enthousiastes. Quelques bouquets de fleurs fusèrent des gradins jusqu'aux pieds de Léon, qui salua comme Kim saluait de l'autre côté de la grille. Puis de l'entrée des artistes quelqu'un apporta un micro à Kim Bilder. Le vacarme cessa progressivement puis complètement.

– Mesdames, messieurs, je suis heureux de vous présenter ce soir celui dont vous venez d'admirer l'incontestable talent. Il n'a que quatorze ans, il aime les lions, les lionnes et, vous avez pu le constater de vos propres yeux, elles le lui rendent bien. Il est bien parti pour faire un excellent dresseur et, qui sait, un jour prendre ma place ! La grande maison du cirque Bilder lui ouvre ses portes, s'il le souhaite. Mesdames et messieurs, je vous demande d'acclamer Léon Lavil !

Une nouvelle explosion de joie enflamma les gradins. Personne ne semblait faire le rapprochement entre la future étoile du cirque et le jeune prodige du football que l'on cherchait partout depuis plusieurs jours. Sauf bien sûr le groupe assis au premier rang. Et une remarque s'imposait d'emblée : tout le monde dans ce groupe ne partageait pas l'allégresse du public.

15

Les lumières s'éteignaient les unes après les autres. Les derniers spectateurs étaient partis depuis longtemps. Les animaux étaient à présent tous à l'abri dans leurs «maisons». C'était l'heure où les techniciens rangeaient, nettoyaient, fermaient les enclos. Les artistes avaient coutume de se réunir par petits groupes ou en famille pour dîner ou boire un verre. Parfois, tout le monde se retrouvait pour faire la fête. Ce soir n'était pas un soir ordinaire. Il y avait réunion générale dans un espace en plein air entre les caravanes-maisons alignées à l'écart du chapiteau. Des tables étaient dressées et quelques bouteilles rafraîchissaient dans la glace.

À l'intérieur de la caravane de Kim Bilder, Léon attendait. La porte s'ouvrit, livrant passage à Jeanne Eloi, suivie de la mère de Léon. Encore derrière, Antony et Ronald Dubreuil. Puis, fermant la marche, Alice Rose, Lucas et Lily. Aussitôt qu'elle vit son fils, madame Lavil se précipita et lui ouvrit les bras. Le garçon hésita, se demandant ce qu'il devait faire. Il mourait d'envie de courir l'embrasser mais il ne voulait pas donner l'impression qu'il avait fait tout cela pour rien. Avant qu'il ne cède à ses sentiments, il exigeait qu'elle comprenne... Kim Bilder le poussa doucement en avant. «Quoi qu'il arrive, avait-il dit à Léon juste avant, une maman est une maman. Il est important que tu t'en souviennes. La tienne est de ton côté, j'en suis sûr, pour le reste, aie confiance...» Combien de fois lui avait-on rabâché aujourd'hui «aie confiance» ou «fais-moi confiance»? Il résista encore pour la forme mais quand il vit les larmes dans les yeux de sa mère, il céda. Moitié riant, moitié pleurant, la mère et le fils se serrèrent l'un contre l'autre.

– On peut savoir à quoi tout ça rime? prononça une voix forte, pleine d'hostilité.

Antony Lavil avait fait un pas en avant. Il ne souriait pas et ses traits étaient crispés. On ne voyait pas bien à qui il s'adressait et, à vrai dire, lui-même ne devait pas le savoir non plus. À Jeanne? À Kim? Aux deux? Personne ne lui répondit, de crainte de rompre l'instant des retrouvailles entre la mère qui disait combien elle avait eu peur et son fils qui murmurait des excuses au milieu de ses larmes.

– Je répète ma question: c'est quoi ce cirque?

Antony faisait de l'humour sans s'en rendre compte et Lily ne put s'empêcher de rire. Un rire nerveux qui exprimait la tension accumulée, les heures à se ronger les ongles en se demandant ce qu'il adviendrait de Léon après ces jours et cette soirée hors du commun. Elle eut envie de répondre: «Ce cirque, c'est le cirque Bilder, y a que toi pour ne pas l'avoir compris.» Mais elle s'abstint, ce n'était pas la peine d'en rajouter.

– Je voudrais bien comprendre aussi, dit Ronald Dubreuil, un ton en dessous.

Madame Lavil lâcha alors Léon pour se tourner vers son fils aîné, rouge de colère, et le manager, dans ses petits souliers. Elle tonna:

– Ça suffit maintenant ! Vous ne comprenez donc rien, tous les deux ?

– Qu'y a-t-il à comprendre ? Léon nous a fait une peur bleue, on a cru qu'il lui était arrivé malheur et on le retrouve ici, au milieu de ces... saltimbanques !

Le ton d'Antony et ses mots déplurent à Kim Bilder qui serra imperceptiblement les poings. Il fit un pas en avant mais stoppa quand il croisa le regard de Jeanne Eloi qui disait clairement qu'il ne devait pas intervenir. Elle était sur le point de s'exprimer quand la mère de Léon la devança, les yeux étincelant de colère. Elle fit face à Antony :

– Tu vas te taire, à la fin ! Tu n'es qu'un grand imbécile et ce n'est pas toi qui décides ! Tu n'as pas encore compris ou pas admis, je me demande parfois si tu ne le fais pas exprès, que Léon ne *veut* pas jouer au foot ? Je le sais, moi, depuis longtemps... Mais toi !

– Papa a...

– Laisse ton père reposer en paix, tu veux ! S'il nous voyait, là, en ce moment, je sais moi ce qu'il dirait...

– Ah oui ? Et quoi, s'il te plaît ?

– Que lui non plus n'a pas pris le temps d'écouter son fils et de saisir ce qu'il y avait au fond de lui, au fond de son cœur... La place de Léon est là...

Elle fit un geste ample pour montrer les Bilder, la caravane, plus loin encore les animaux dont parfois le vent apportait l'odeur jusqu'ici, le chapiteau aux couleurs vives.

– Puisque c'est ce qu'il veut ! acheva-t-elle. Personne n'a le droit de décider à sa place. Nous sommes là, sa famille, pour l'éclairer et le soutenir, pas pour lui imposer une vie qu'il n'aimera pas et le laisser se faire exploiter par des gens sans scrupules...

Ronald Dubreuil sursauta d'indignation mais un coup d'œil impérieux de Jeanne le calma lui aussi. Il se contenta de hausser les épaules. Antony allait ouvrir la bouche quand Jeanne décida qu'il était temps d'interrompre la dispute qui ne menait nulle part :

– Madame Lavil, dit-elle avec fermeté, vous seule ici êtes responsable de Léon. C'est donc à vous que je suis chargée de le confier. Par la justice. Sauf si Léon considère que ce n'est pas bien pour lui, auquel cas il peut demander à être confié à une tierce personne... On m'a parlé d'un contrat qui vous lie à monsieur Dubreuil et au club de football de Paris Saint-Germain?

– Je ne l'ai pas signé, ce contrat, répliqua madame Lavil sur un ton provocateur, je sentais que Léon n'en voulait pas...

– Quoi?

Antony Lavil avait l'air accablé tout à coup. Sa mère n'avait pas signé le contrat! Elle aussi le trahissait. Décidément! Ronald Dubreuil ne disait plus rien. Il affichait une mine abattue et, en quelque sorte, résignée. Il posa la main sur l'épaule d'Antony, une façon de lui demander de se calmer. Puis il se tourna vers Léon:

– Je ne peux pas te forcer, Léon. Tu as de l'or dans les pieds, mais il s'agit de ta vie et il faut que tu fasses ce que tu aimes vraiment. Sinon tu ne seras jamais heureux. Tu as de vrais amis, tu sais, il faut que tu t'en souviennes...

Ronald fixa Lily qui se sentit rougir. Puis il tendit la main à Kim Bilder en lui demandant de bien veiller sur Léon. Avec un petit sourire contraint et sans saluer les autres, il fit demi-tour et quitta la caravane. Antony voulut le retenir mais sa mère l'en empêcha.

– Bien, dit Kim de sa voix qui faisait se coucher les lions et les lionnes, si on prenait un verre, maintenant, tous ensemble, pour fêter ça?

Dehors, un concert d'applaudissements s'éleva. Les artistes, techniciens, soigneurs faisaient une ovation à Léon, leur nouveau compagnon.

Épilogue

Un an plus tard

Lily n'arrivait pas à se décider. Plantée devant son armoire, elle ne cessait d'en sortir des vêtements et de les remettre en place. Jean? Jupe?

– Tu devrais mettre une robe! suggéra Lucas dans l'entrebâillement de la porte. Tu aurais l'air d'une vraie fille!

– C'est ça, et des talons hauts, pendant qu'on y est! gronda Lily. J'aurais surtout l'air d'aller au carnaval!

– En même temps, le cirque...

Finalement, pressée par Alice et Jean qui voyaient le temps passer et n'avaient jamais vu Lily dans cet état, elle choisit un jean rouge et une chemise noire, les couleurs du cirque.

Le chapiteau Bilder s'était réinstallé sur la grande pelouse de Reuilly après une tournée d'un an à travers l'Europe. Bruxelles, Zurich, Berlin, Amsterdam... Lily avait suivi le périple de la troupe. De ville en ville. De pays en pays. Elle avait échangé avec Léon des SMS et, de temps en temps, lui avait parlé sur Skype. Il était heureux. Ça se voyait sur son visage. Il s'épanouissait, il était de plus en plus beau. Il partageait son temps entre les entraînements avec Kim et les cours que dispensaient des professeurs aux jeunes de la troupe. Ils étaient une trentaine, de tous les niveaux, et c'était la seule condition que la mère de Léon avait posée pour qu'il puisse partir avec le cirque Bilder : qu'il continue ses études. Il avait passé et réussi son brevet des collèges, quelques mois après Lucas et Lily. Eux aussi avaient décroché leur diplôme.

C'était la même ambiance, sans cesse renouvelée mais toujours identique et festive. Des grappes d'enfants excités et des parents qui leur couraient après entre les enclos où s'ébattaient les animaux.

Des grognements et des bâillements provenant des cages où les fauves tournaient, énervés et impatients d'entrer en piste. De la musique, de la joie. Lucas, appareil photo en bandoulière, flashait à tout-va et filmait avec la caméra GoPro qu'il avait reçue en cadeau en même temps que son diplôme du brevet. Une véritable révélation pour lui qui ne jurait jusqu'ici que par les sciences et les maths. Il avait déjà mis en ligne quelques-unes de ses productions, et le succès était au rendez-vous. Avec des centaines de «vues» sur YouTube, Lucas se voyait déjà un avenir artistique. Lily le suivait de loin, fébrile. Elle voulait brûler les étapes, aller voir Léon de près, se rendre compte. Savoir s'il était amoureux d'elle autant qu'elle l'était de lui. Et ôter le poids que Lucas avait mis dans sa poitrine en prétendant que le garçon avait dû faire tourner tellement de têtes qu'il avait sûrement oublié celle de Lily... On leur avait promis une surprise. Mais l'attente n'en finissait pas. Enfin les portes du chapiteau s'ouvrirent et la foule se précipita à l'intérieur.

Lily partit précipitamment vers l'entrée, suivie par la caméra et l'œil malicieux de Lucas. Il se moqua d'elle une fois de plus mais elle ne réagit pas : elle venait d'apercevoir Jeanne Eloi qui venait dans sa direction. Un homme l'accompagnait et une petite fille, mignonne comme un cœur dans sa petite robe rose. Jeanne fit les présentations. Gary, mon mari, Lily, Gary, Lucas. Lily, Éléonore, ma fille, Éléonore, Lily. Les deux filles se sentirent d'emblée en phase et c'est main dans la main qu'elles pénétrèrent dans le cirque. Comme l'année précédente, le groupe fut dirigé vers le premier rang et Lily vit aussitôt que madame Lavil et son fils Antony les avaient précédés. Pas de Ronald Dubreuil, cette fois. Le recruteur avait visiblement lâché l'affaire pour de bon. Lily se tourna vers Jeanne Eloi. «Tout va bien, ne t'inquiète pas!» semblèrent dire ses yeux. Avant de s'asseoir, la commissaire alla adresser quelques mots aux Lavil, et Lily remarqua combien la mère de Léon était élégante et sereine. Antony lui aussi paraissait bien moins agité que lors de leur première rencontre. Selon Jeanne, il lui avait fallu du temps pour digérer l'affront que lui avait infligé son frère et admettre que le sort de Léon ne lui appartenait pas, que le garçon avait le droit de faire ce qu'il voulait de sa vie, à condition que son projet soit honnête et sérieux.

Les lumières enfin baissèrent dans les gradins et la piste s'illumina. Il fallut encore supporter la première partie, rire avec les clowns, partager l'enthousiasme du jeune public à l'apparition des trapézistes et des écuyers. Lily avait beau apprécier le spectacle, elle sentait l'anxiété lui nouer le ventre. Puis il y eut l'entracte pendant lequel on installa les grilles, en un temps record. Il y avait de quoi être admiratif ! Ensuite, assister aux galipettes de trois énormes tigres à côté desquels le dompteur, un frère de Kim Bilder, paraissait minuscule. Lily n'en pouvait plus. La sortie des tigres annonça qu'elle touchait au but et, sans s'en rendre compte, elle serra fort la petite main d'Éléonore, assise à ses côtés.

Douze lions. Kim Bilder dans sa tenue habituelle, mais cette fois ses bottes étaient plus hautes et sa ceinture bigarrée plus large. Du moins c'est ce que détermina Lily qui s'usait les yeux à essayer de repérer Léon à l'extérieur de la piste. En vain. Kim exécuta son numéro avec brio, les spectateurs emballés ne cessaient d'applaudir et de réclamer de nouvelles prestations aux lions. Enfin, la sarabande cessa et Kim fit sortir sa troupe. Il salua, longuement acclamé pour sa performance, avant que le noir ne s'installe sur le rond central et dans les gradins. À peine si l'on distinguait, ici et là, les lueurs blafardes des issues de secours. Quand la lumière revint au centre de la piste, Kim Bilder n'était plus seul. Un jeune homme, habillé comme lui, une tête de moins, un fouet à long manche dans la main droite et une sorte de trépied dans la gauche, se tenait droit, immobile, les yeux braqués vers l'entrée du tunnel. Kim, tout aussi concentré, lança dans les airs un geste qui déclencha l'ouverture de la trappe. Oufda, Lena, Serena et Anta firent leur entrée. Anta avait énormément changé en un an. Sa taille avait presque doublé, elle était magnifique et on ne la reconnaissait qu'à la nonchalance qu'elle n'avait pas perdue. Les quatre femelles blanches allèrent s'installer sur leurs tabourets et Kim s'inclina devant Léon d'une manière qui signifiait «à toi de jouer».

Le cœur battant fort, Lily vécut le moment le plus intense de sa vie. Emportée par la voix ferme et convaincante de Léon, elle sauta avec les lionnes, traversa les cercles de feu, exécuta roulades et cabrioles, le corps en lévitation, à peine consciente de l'ambiance extraordinaire qui tétanisait la foule autour d'elle. Lucas, moins gagné par l'émotion, ne cessait de filmer. Il s'arrêta longuement sur Léon, vaguement envieux, il faut bien le dire. Il se consola : lui aussi trouverait sa voie, il le savait maintenant. Enfin, arriva le final. Léon remercia les lionnes, recula vers le bord de piste. Pas une fois il n'avait tourné la tête en direction du public, pas un instant il ne s'était détourné de sa mission, même pour un regard furtif. Savait-il seulement qu'ils étaient tous là pour lui ? Toujours droit et impassible, il contempla Kim s'allonger à même le sol et ce fut lui qui ordonna aux quatre lionnes de venir se coucher sur son corps. Elles obéirent, Anta à la traîne comme il se doit. Avec presque une tonne de chair animale sur le ventre, Kim ne tenait pas longtemps. Aussi donna-t-il rapidement le signal en embrassant la tête d'Oufda, ce qui signifiait que les lionnes pouvaient se relever et rejoindre leur enclos. La foule fut prise alors de frénésie tandis que les lionnes indifférentes aux acclamations s'en allaient de leur démarche altière. Kim Bilder salua longuement. Puis, se tournant vers Léon, il lui prit le bras et le leva haut. Le public se déchaîna, mais ce fut encore pire quand les tentures du fond de piste s'écartèrent pour laisser passer la troupe du cirque au grand complet. C'était un rituel, mais ce soir il prit une résonance toute spéciale lorsque deux acrobates, puissants et musclés, vinrent se saisir de Léon qu'ils soulevèrent comme une plume. Le plus costaud l'installa à califourchon sur ses épaules et lui fit faire un tour de piste sous les vivats des autres artistes et le tonnerre d'applaudissements des spectateurs. Le premier rang se mit debout, ce fut même Antony qui donna le signal, clamant à tous les vents :

– C'est mon frère ! C'est mon frère !

Les larmes de madame Lavil, le tremblement dans les jambes de Lily, le piétinement de centaines d'enfants... Puis le calme revint doucement. Libéré des épaules de l'athlète, Léon salua comme l'avait fait un peu plus tôt Kim Bilder, cependant que les hommes de la maintenance démontaient rapidement les grilles. Dans l'espace enfin libre,

Léon s'avança vers le premier rang. Lily remarqua qu'il avait les cheveux plus longs, qu'il était plus grand, plus large d'épaules. Le garçon s'arrêta devant sa mère qui ne cessait de sangloter et il l'entoura de ses bras. Puis il lorgna vers son frère et comprit qu'Antony lui avait pardonné. D'ailleurs il ne faisait que répéter : « Bravo ! C'est mon frère ! Il est doué, non ? » Quand il se détacha de sa mère, Lily crut bien que Léon allait repartir vers ses amis du cirque sans plus attendre. Mais il prenait son temps et, quand il se tourna vers elle, elle put vérifier qu'il était aussi ému qu'elle. Ses yeux noirs flamboyaient et pendant un instant il ne sut quelle contenance prendre. Elle, statufiée, aurait voulu rentrer sous terre, disparaître. Puis, lentement, Léon enleva le bandeau noir qui retenait ses cheveux et le tendit à Lily. L'objet avait l'odeur des lionnes, il était encore humide de la sueur du jeune homme. Lily avait appris en lisant tout ce qu'elle trouvait sur le cirque que le fait de donner à quelqu'un l'un de ses accessoires, une partie de sa tenue à laquelle on tenait plus qu'aux autres, était une déclaration. D'amitié ou d'amour. En saisissant le bandeau, Lily sentit son petit cœur s'enflammer.

L'auteur

Danielle Thiéry est née le 15 octobre 1947 à Viévigne en Côte-d'Or. Ancienne commissaire divisionnaire – la première femme de l'histoire de la police française à accéder à ce grade –, elle est aujourd'hui écrivain, auteure d'une vingtaine d'ouvrages dont trois pour la jeunesse. En 2013, Danielle Thiéry a obtenu le prix du Quai des Orfèvres pour son roman *Des clous dans le cœur* (Fayard).

Du même auteur, aux éditions Syros

Nuit blanche au musée, coll. «Souris noire», 2004, 2016

Les Trois Coups de minuit, coll. «Souris noire», 2009, 2016

Les Fantômes de l'école de police, coll. «Souris noire», 2017

Dans la collection
Souris noire

En noir et or
Claudine Aubrun

La Disparue
de la 6e B
Stéphanie Benson

Une Épine dans le pied
Stéphanie Benson

L'Inconnue
dans la maison
Stéphanie Benson

Le Mystère
de la tombe Gaylard
Marie-Claire Boucault

Les Pirates
du Komodo
Dominique Delahaye

Les Gothiques
du Père-Lachaise
Serguei Dounovetz

Le Marabout
de Barbès
Serguei Dounovetz

Le Rap de la
Butte-aux-Cailles
Serguei Dounovetz

Niki Java
traque la banque
Serguei Dounovetz

Nuit d'angoisse
à l'île aux Oiseaux
Jeanne Faivre d'Arcier

Le Secret des cabanes
tchanquées
Jeanne Faivre d'Arcier

Traque sur la presqu'île
Jeanne Faivre d'Arcier

L'Assassin de papa
Malika Ferdjoukh

L'Afrikaner
de Gordon's Bay
Caryl Férey

Alice au Maroc
Caryl Férey

La Dernière Danse des Maoris
Caryl Férey

Nano
Dominique Forma

Sauve-moi Nano
Dominique Forma

Lambada pour l'enfer
Hector Hugo
(sélectionné par le ministère de l'Éducation nationale)

Une incroyable histoire
William Irish
(sélectionné par le ministère de l'Éducation nationale)

Un cri dans la forêt
Marin Ledun

Un royaume pour deux
Marin Ledun

Il va venir
Marcus Malte

Aladdin et le crime de la bibliothèque
Marie et Joseph

Les Aventures de Cornin Bouchon
Marie et Joseph

Le Roi des menteurs
Patrick Mosconi

Wiggins et le perroquet muet
Béatrice Nicodème
(sélectionné par le ministère de l'Éducation nationale)

Wiggins et la ligne chocolat
Béatrice Nicodème

Wiggins chez les Johnnies
Béatrice Nicodème

Wiggins et les plans de l'ingénieur
Béatrice Nicodème

Wiggins et Sherlock contre Napoléon
Béatrice Nicodème

Dans le grand bain
Jean-Hugues Oppel

Ippon
Jean-Hugues Oppel
(sélectionné par le ministère de l'Éducation nationale)

Nuit rouge
Jean-Hugues Oppel

Tigre ! Tigre ! Tigre !
Jean-Hugues Oppel

Cinq minutes de prison
Jean-Hugues Oppel

Il y a quelqu'un dans la maison
Serge Quadruppani

Une affaire d'adultes
Thierry Robberecht

La Mémoire kidnappée
Thierry Robberecht

Le Portrait de Leonora
Thierry Robberecht

La Cabane au fond du chantier
Christian Roux

Les Maisons aux paupières crevées
Christian Roux

Les Bizarres
Valérie Sigward
(sélectionné par le ministère de l'Éducation nationale)

Le Détective du Palace Hôtel
Romain Slocombe

Détective sur cour
Romain Slocombe

Deux détectives chez Dracula
Romain Slocombe

Le Faux Détective
Romain Slocombe

Les Trois Coups de minuit
Danielle Thiéry

Nuit blanche au musée
Danielle Thiéry

Énigme au Grand Stade
Danielle Thiéry

Les Fantômes de l'école de police
Danielle Thiéry

Dix minutes à perdre
Jean-Christophe Tixier

Dix minutes trop tard
Jean-Christophe Tixier

Loi n° 49-956 du 16 juillet 1949
sur les publications destinées à la jeunesse,
modifiée par la loi n° 2011-525 du 17 mai 2011.

Mise en pages : DV Arts Graphiques à La Rochelle
N° d'éditeur : 10265475 – Dépôt légal : février 2016
Achevé d'imprimer en mai 2020
par Nouvelle Imprimerie Laballery (58500, Clamecy, France)

IMPRIM'VERT

MIXTE
Papier issu de
sources responsables
FSC® C022030
FSC www.fsc.org